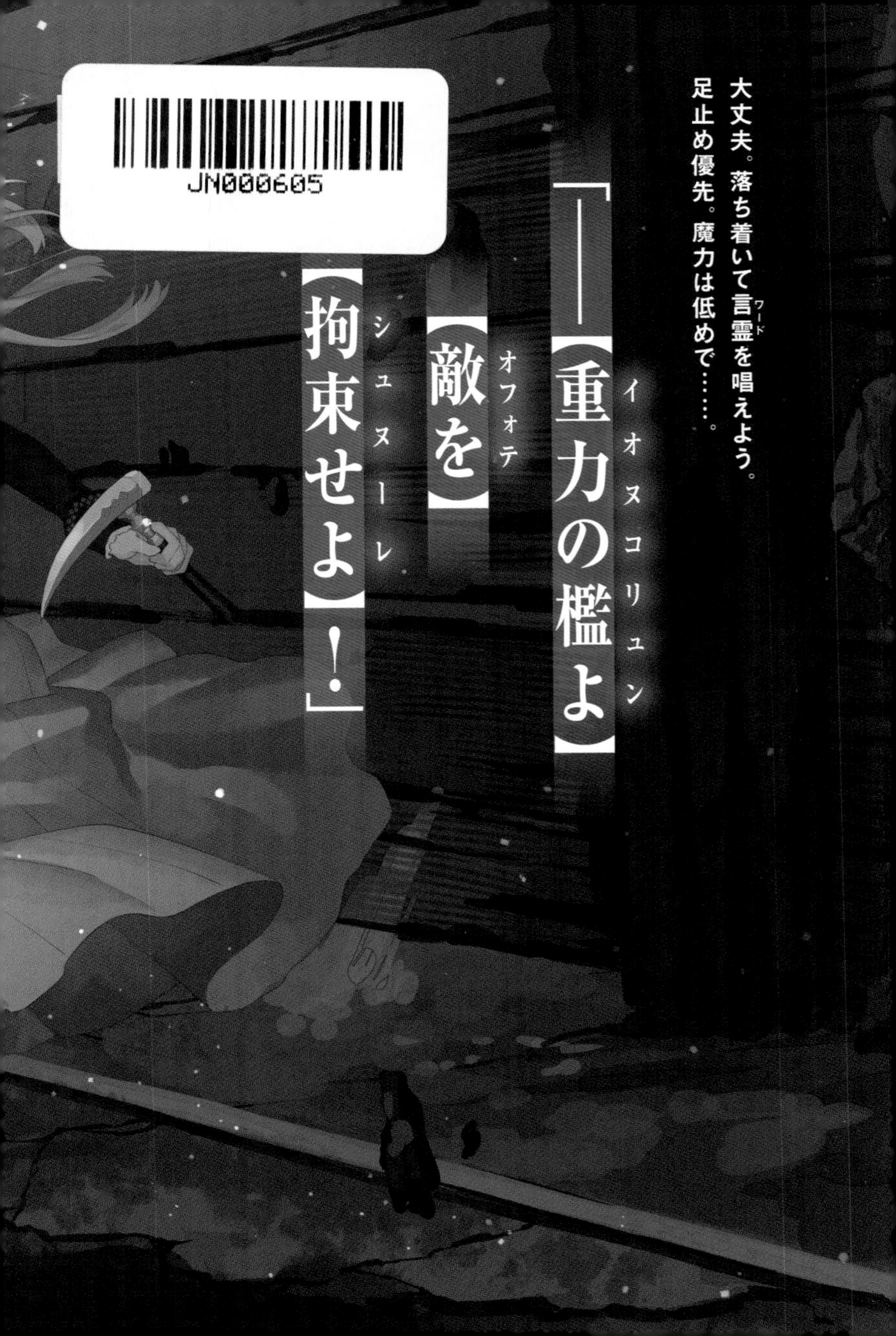
大丈夫。落ち着いて言霊《ワード》を唱えよう。
足止め優先。魔力は低めで……。
「――【重力の檻《イオヌコリュン》よ】
【敵《オフォテ》を】
【拘束せよ《シュヌーレ》】！」
JN000605

レックス・
ハリソン
クリスタ

ブラック
「……精霊？」
レックスさんが一歩下がってつぶやく。
どうやら彼にも見えているようだ。

「ごきげんよう、鑑定士」
公国語で語りかけてきたのは、
宙に浮かんでいる黒い精霊だった。

地獄に跋扈《ばっこ》する
魔獣の唸り声のような重低音が響き、
飛び出してきた甲虫モグラの群れが
一瞬で地面に叩きつけられる。
ズンと鈍い音が響いて凝固した銀色の壁を粉砕し、
甲虫モグラの大群がなすすべなく地面にめり込む。
さらに、まばたきもできないうちに
廃道の地面が地盤沈下したように
一メートルほど沈んだ。

没落令嬢のお気に召すまま 2

~婚約破棄されたので宝石鑑定士として独立します~

［著］四葉タト

［イラスト］藤実なんな

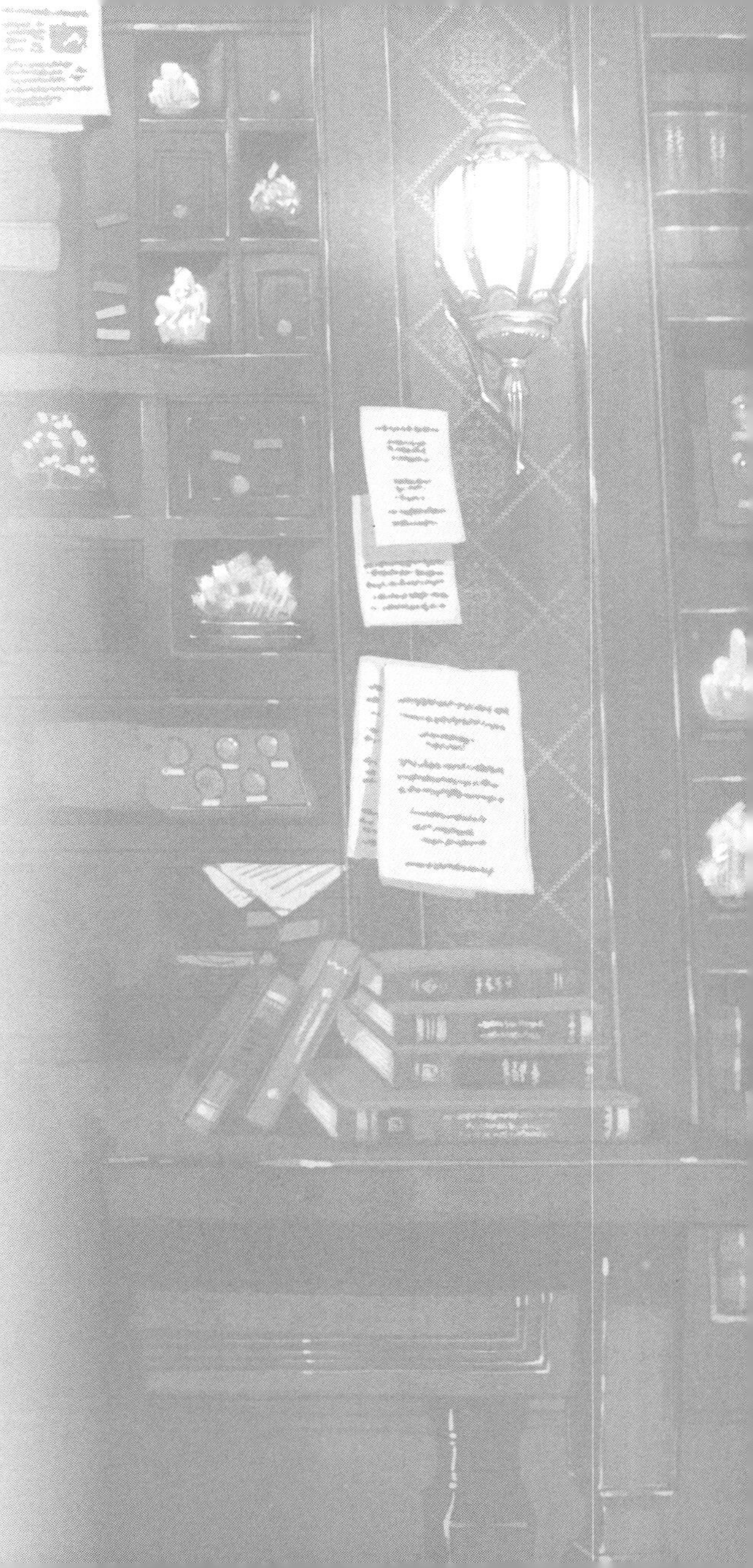

CONTENTS

BOTSURAKU REIJO NO OKINIMESUMAMA

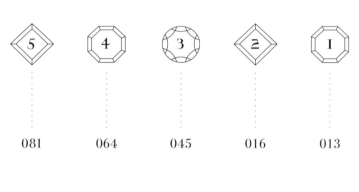

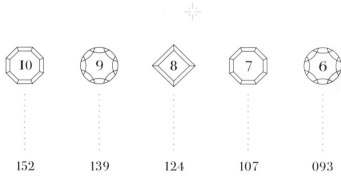

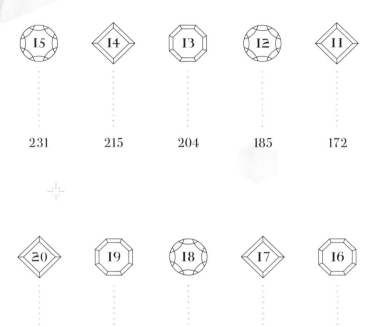

CHARACTERS

オードリー・エヴァンス

宝石鑑定士に憧れる
名ばかり貴族令嬢。
鑑定に必要な魔力が無く
こき使われていたが、
精霊クリスタとの出会いで
運命が変わっていく。

モリィ・メルゲン

明るく元気な
オードリーの友人。
オードリーの生活を
いつも気に掛けている。
メルゲン書店の店長。

レックス・ハリソン

魔宝石から魔道具を生成する
魔道具師の青年。
オードリーが開いた
鑑定事務所最初の訪問者。
人を寄せ付けない雰囲気を纏う。

クリスタ

気まぐれな水晶《クォーツ》の精霊。
莫大な魔力を持つ
伝承上の存在だが、
あるきっかけで
オードリーと契約を果たし、
彼女に力を貸す。

ドール・バーキン

高飛車なカーパシー魔宝石商所属の
元・高ランク鑑定士。
ゾルタンとの新たな婚約を狙うが、
大贋作会で不正が発覚して
立場を失う。

ゾルタン・カーパシー

オードリーの元婚約者で
カーパシー魔宝石商の会長。
オードリーとの婚約破棄後、
彼女頼りだった商売が
傾き始める。

I

ゼンマイ式の鍵合わせ懐中時計は、日に一度ゼンマイを回さないと時刻がずれてしまう。

懐中時計の裏蓋を開け、小さな鍵を中央の鍵穴に差し込み、ゆっくりと、程よい力を入れて回していく。

強すぎるとゼンマイが不機嫌になって懐中時計の調子が悪くなり、弱すぎるとうまくゼンマイが巻かれない。十年も使っていれば癖の一つもつく。

輝くような黄金の髪と、サファイアブルーの碧眼を持つ青年は、粛々と懐中時計の裏蓋を開け、鍵穴に鍵を差し込み、静かにゼンマイを回していた。

ジイ、ジイ、と小さな音が指先に伝わってくる。

青年の横顔は作り物のように美しいが、その表情は硬い石面を装着しているような無表情だった。

懐中時計のゼンマイを回す。

毎日の日課。

いつものこと。

ゼンマイを巻くたびに思い出すのは、母親の言葉だった。

『レックスは笑顔が似合うわね』

いい意味でも、悪い意味でも、彼の母親は素直な人だった。

時には母の率直さに救われ、時には母の素直さに心が軋みを上げた。

『……そうでしょうか？』

表情筋を動かして無理に笑顔を作る。

八歳の頃から、自然に笑えなくなっていた。

伯爵と平民の妾の間に生まれた彼の居場所はどこにもなく、さらに不幸なことに、彼の相貌はあまりにも整いすぎていた。

伯爵夫人からは魔性の子どもと忌み嫌われ、長男、次男からは妬まれる日々。

不用意に笑顔を見せれば、その美貌に酔った貴族令嬢たちが擦り寄ってくる。

身体が弱い母は別宅で過ごしており、自分の息子が置かれる現状に死ぬまで気づかなかった。

『レックスの人生が笑顔であふれるといいわね』

何も知らない母は、別館のベッドの上でそう言った。

自分の息子が父親に愛されていると信じて疑わなかった。

彼にとって、自分の父親が話していて一番気まずくなる人物だった。

そして何より、父親から『笑うな』と言われた事実が彼の心に影を落とした。

ジイ、ジイとゼンマイの音が響く。

脳裏に浮かぶのは、魔道具が好きだった母の顔だ。

『十歳になったのだから、懐中時計を持ちなさい。素敵な魔道具よ』

懐中時計は魔宝石を使わないゼンマイ仕掛けのため、魔道具には分類されない。

しかし、母にとって不思議な物、便利な物はすべて魔道具という位置づけだった。

母はいつも笑顔だったように思う。

亡くなったのはもう十年も前の話だ。

裏蓋の鍵穴から鍵を引き抜くと、秒針が静かに時を刻み始めた。

すると、王都の大聖堂にある大鐘が、銀を流し込むようにゆるやかに鳴り響いた。

白鳩が一斉に飛び立ち、青空を駆けていく。

午前八時を知らせる音色を聞いて、時刻が正確であることを確認すると、彼は懐中時計の裏蓋をそっと閉じた。

2

大贋作会で優勝してからというもの、鑑定士ギルド経由の依頼が増えた。

有名な魔道具蒐《しゅう》集《しゅう》家であるミランダ・ハリソン元伯爵夫人が出場に推薦してくださったことも、名前を知られる要因の一つになっていた。

Ａランク鑑定士であった父さんの一人娘、という肩書も上手く働いてくれている。

ミランダ様と父さんには感謝してもし足りない。

鑑定士の仕事は大きく分けて二種類存在しており、文字通り魔宝石を鑑定する仕事と、魔宝石の採掘に携わる仕事がある。

私はどちらにも興味があったので、均等に依頼を受けていた。

新しい魔宝石を鑑定するのも好きだし、知らない土地に行って採掘をするのも冒険をしているみたいでたまらなく楽しい。

どんな依頼にも真剣に向き合うようにしている。

Ａランク鑑定士であった偉大な父に少しでも近づきたいから、努力と研鑽の日々だ。

そして、大好きな小説、『ご令嬢のお気に召すまま』に出てくる主人公のように、底抜けに前向きで、優雅で、決断力のある人間として、一人の女性として活躍できる人物にもなりたい。

『オードリーが底抜けに前向きっていうのは無理があるんじゃない？』

『あ、口に出てた？』

『うん。独り言してたよ～』

寝そべった姿勢で宙にふわふわと浮かんでいるクリスタが屈託なく笑った。

水晶精霊《クオーツ》であるクリスタは私にしか見えない存在で、虹色の二枚羽、尖った耳、端整な顔立ち、小さな体軀《たいく》を持っている。

私しか認識できない存在なので、こうしてしゃべっている姿も他人が見たら私がぶつぶつと空中に向かって話しているように見えてしまう。しかもクリスタとの会話はマイナーな古代語という言語だ。

この前はクリスタと話している姿をお隣さんの奥様に見られてしまい、古代語を練習している痛い二十代だと思われた……ような気がする。古代語は二千年前に滅びた種族のロマンあふれる言語だ。おそらく話せるのは私とごく一部の考古学者だけだろう。

今、商店街にはあまり人が行き交っていないので、こうして普通に会話ができていた。

『どうしたのオードリー？』

『ううん、なんでもない。でも、私が底抜けに前向きっていうのは確かに無理があるね。ドール嬢には散々陰気って言われていたし……』

『オードリーは自分らしく生きればいいんだよ。自分を偽るから、あのうるさい女みたいに変になっちゃうんだよ〜』

クリスタがドール嬢の怒った顔真似をしてみせる。ぷにぷにのほっぺたが膨れているのが可愛い。あと、絶妙に特徴を捉えていて、少し似ているところが面白い。

そういえば、ドール嬢は今頃何をしているのだろう。鑑定士ギルドから指示された判別試験の会場に現れず、鑑定士の資格を剝奪され、カーパシー魔宝石商にも顔を出していないそうだ。

『ぼくはね〜、好きなときに食べて好きなときに寝る。たまに遊ぶ。そういう人生が一番いいと思う』

『精霊さんは自由で素敵だね。私も独立して自由な時間が増えたから、言いたいことはよくわかるよ。行動を選択できるって素晴らしいことだと思う』

『わーい！　今日もサンドイッチがいい！』

これ以上話す気がないのか、行きつけのパン屋にクリスタが飛んでいく。

ビビビと羽を揺らし、小さな脚を上下に動かす後ろ姿に笑みがこぼれ、その後ろをついていき、パン屋に入った。

店内に入ると香ばしいパンの香りで肺が満たされた。

お昼どき少し前の時間なので、店にはお客さんがいない。

見習いの少年が焼き上がったパンをすばやく丁寧に陳列している。今まさに並べられているクリームパンは小麦色に焼き上がっていて美味しそうだった。

『ぼく、この匂い好き！』

クリスタが嬉しそうにクリームパンの列に飛んでいき、くるくると回転する。

パンが整然と並んでいる姿は、魔宝石のようだなといつも思う。

魔宝石もパンも、一つ一つ微妙に形や色が違う。千差万別と言えばいいのか、そういった同じだけれど少し違う個性のような差異に、無意識に胸がときめく。

「いらっしゃい。あら、オードリーちゃんじゃないの。今日も綺麗にして〜、まあ〜」

顔なじみのパン屋のおばさんが、ふくよかな身体を揺らしてレジカウンターから出てきた。

「おはようございます。どうにか見られるように、髪と服装は整えるようにしています」

「謙遜しすぎるのも嫌味に聞こえるわよ〜」

「いえ、事実なので。地味な女がどうにか頑張った姿だと思ってください」

「はいはい。あなたはそういう子だったね。それで、いつものでいいかい？」

おばさんが親しみやすい視線で目配せをしてくる。

「はい。ミルク食パン、ラピスマフィン、それから今日はアボカドベーコンとトマトレタスサンドもいいでしょうか？」

「はいよ。おまけでミニカヌレも入れとくね」

「すみません……。いつもありがとうございます」

「新作だから後で感想ちょうだいね」

おばさんが笑いながら紙袋にパンを詰めてくれた。

銀貨と銅貨を渡して購入すると、恒例のトークタイムが始まった。

「ねえ聞いた？　ほら、あなたの元婚約者が経営してるカーパシー魔宝石商だけど、経営が大変みたいなのよ。〝瑪瑙《メノウ》〟の鉱山も手放しちゃったみたいでねぇ」

噂が好きなおばさんが饒舌に語り始めた。

話を聞くと、元婚約者のゾルタンは、いくつか持っている鉱山のうちの一つを売ってしまったそうだ。

私がシフトを組んでいた鉱山だと思うと、少し胸が痛い。

鉱山といえば、カーパシー魔宝石商で保有している東の渓谷鉱山に行ってみたかった。

五百年前から〝黒蛋白石《ブラックオパール》〟を採掘するために地下深くまで掘り進めた、古い地下道が広がる鉱山だ。魔物が出る危険な場所だけれど、採掘できる魔宝石の種類も豊富で、魔宝石卿の辞典にも出てくる有名な鉱山だ。

結局、五百年の歴史の中で、最高級品である〝黒蛋白石《ブラックオパール》〟は一度も見つからなかったらしい。

その代わり、〝蛋白石《オパール》〟や〝虎目石《タイガーアイ》〟、〝琥珀《コハク》〟などが主に採掘できる。

ああ……色彩鮮やかな輝きを発する〝蛋白石《オパール》〟――。

内部から虹色のきらめきを発して、いわゆる遊色と呼ばれる色を出す〝貴蛋白石《ノーブルオパール》〟――。

そして〝蛋白石《オパール》〟の王様との呼び声も高く、魔宝石が持つ魔法効果もまだ解明されていない超希少な〝黒蛋白石《ブラックオパール》〟がもしも見つかったら――。

想像するだけで胸が高鳴る。

希少な〝黒蛋白石《ブラックオパール》〟を発見して鑑定してみたい。

どんな色味で、どのような魔力が内包されているのだろうか。

「おーい、オードリーちゃん？　聞いてるかい？」

おばさんに肩を叩かれて、我に返った。

『またぼくたちのこと考えてたの？』

顔の横に飛んできたクリスタが白い歯を見せて笑った。

「あ……はい、すみません。少し考え事をしておりました」

「まったく、親子揃って同じだね。ピーターもぼおっとすることが多かったから、これも血筋なのかねぇ」

「父もそうだったんですか？」

「そうだよ。急に黙り込んで、店の真ん中に突っ立ってね。かと思えば独り言を言い始めたりして……。私が肩を小突いてようやく気づくんだから嫌になっちゃうわ」

おばさんが昔の父さんを思い出したのか、大口を開けて笑った。

おそらく父さんも、精霊と会話をしていたせいで独り言を言っているように思われたのだろう。

親子揃って痛い鑑定士と思われている事実……。忘れよう。うん。

「で、話を戻すけど、オードリーちゃんが婚約破棄されたのをみんな不憫に思っていたんだよ。でもね、最近は楽しそうにしているから安心していたのさ。ピーターの事務所も引き継いで、偉い子だって商店街のみんなで褒めていたんだよ」

「そうですか。なんというか、お恥ずかしいです。父にはまだまだ敵いませんから、もっと知識と経験を積みたいです」

「そういうことじゃないんだけどねぇ。それに……」

おばさんが妙に含みのある顔つきになり、目を細くした。

「いい男もつかまえたみたいだし」

「はい？」

私が首をかしげると同時に、おばさんが入り口へ視線を向けた。

振り返ると、黄金のような艶を発している金髪、サファイアブルーの涼しげな碧眼、高い鼻梁、整った輪郭、目が覚めるような美形の男性がドアの前に佇んでいた。

魔道具師のレックス・ハリソンさんだ。

今日も真夜中の空のようなダークスーツ、ダークロングコート、手には魔道具師の代名詞である黒い魔算手袋《エディトグラブ》を身につけている。

いつ見ても神が造形したとしか思えないような、美しい顔だ。

ただし、完全な無表情だけれど。

パン屋のおばさんが「恋愛歌劇にハマっている娘が見たら顔を真っ赤にするね」とつぶやいている。

「アトリエに不在だったので商店街を探していた」

いつもの無表情でレックスさんが店内に入り、近づいてくる。

彼は背が高いので、私は視線をやや上にして目を合わせた。

「いない場合は商店街にいるとお伝えしていましたね。お手数をおかけいたしました」

「こちらが正確な時間を指定しなかったせいだ。謝らないでくれ」

昨日の夕方頃に鑑定士ギルドでお会いして、今日の午前中にアトリエまで来てくださると約束を交わしていた。ミランダ様からの伝言と渡したい物があるとのことだ。

おそらく、一週間前にお話ししていた魔道具についてだろう。

「ミランダ様の伝言であれば、いくらでも待ちますよ」

「私個人の仕事が立て込んでいて十二時近くになってしまった。貴重な時間をすまない。どうだろう。オードリー嬢がよければ、昼食をごちそうさせてくれないか？」

レックスさんがよく観察していないとわからないくらい、眉を下げた。

「もうパンを購入してしまいました。申し訳ありません」

私は紙袋を掲げてみせる。

「では、その支払いは私にさせてくれ」

レックスさんがスーツの内ポケットから財布を出そうとしたので、スーツの肘あたりを軽く引いて、すぐに離した。

「お時間には間に合っているので大丈夫です。それに、前回行った喫茶店でもごちそうになってしまったので申し訳ないですよ。いつもお気づかいありがとうございます」

「そうか。オードリー嬢がそう言うならば」

レックスさんは伸ばした手を止めて、目礼をしてくる。

彼は気難しそうに見えるけれど、心根が優しい男性だ。二人で食事やカフェなどに行って気を抜くと、支払いを済ませてくれていることが多いので気をつけている。

やはり友人関係は対等でないといけない。

「次の喫茶店は私にごちそうさせてくださいね」

レックスさんにできる限りの笑顔を向けた。

男性が気を使ってくれたときや、先に支払いを済ませてくれたときは、自分が出せる百点の笑顔で感謝するようにと友人のモリィから助言をいただいている。それから、支払ってくれた場合は無理に折半にしないように、とも厳命されていた。これもモリィの人付き合いの極意だろう。

女性が男性に奢ってはいけないというルールもないので、次こそは支払いをしたい。

なぜか、パン屋のおばさんから拍手が起こった。

「はぁ～、鑑定士様と魔道具師様は絵になるね～。ごちそうさまだよ」

「何がごちそうさまなのですか？」

おばさんは口から息を吐き出して、しきりに感心している。よくわからない。

「また彼を連れて来てね。サービスするから」

おばさんが私の持っていた紙袋をおもむろに開き、レジ横に置いてあるミニカヌレを追加で何個か入れてくれた。

レックスさんの美形ぶりは目の保養になると、友人のモリィや受付嬢のジェシカさんも言っていたし、そういうことなのだろう。

おばさんにお礼を言っていると、店の母屋のほうから年頃の女の子が店内に入ってきた。
十三、四歳に見える、可愛らしい子だ。
「お母さーん。桃色の靴下どこにしまったの？　今日履いていくって言った……よね？」

娘さんらしき子がレックスさんを見て硬直した。

彼女は顔を赤くして、何度も目を開閉したあと、レジカウンターの下に隠れた。

「あんたの派手な靴下は干したばかりだよ」

おばさんがカウンターを覗き込んで言うと、娘さんが「カッコいい人がいるなら言ってよ！　恥ずかしいでしょ！」と叫んだ。

「知らないよ。でかい声で出てきたあんたが悪い」

彼女は真っ赤な頬のままレジカウンターの下から顔を出してレックスさんをちらりと見た後に、また隠れた。

年頃の女の子がイケメンに恥ずかしいことを聞かれてしまった。そういう状況だ。私ならあんな可愛い反応はできない。若いって素晴らしい。

レックスさんはこういった状況に慣れているのか、無反応だった。これほどの美形となると苦労も絶えないだろう。

かつて、大粒の金剛石《ダイヤモンド》が幾人もの人生を狂わせた逸話がある。金剛石《ダイヤモンド》は何も悪くないのに、呪われた魔宝石として歴史に名を刻んでしまった悲劇的な話だ。

「彼と並んで平気な顔をしているオードリーちゃんはすごいね。図太いあたしでも気後れするよ」

「レックスさんは大切な友人です。友人は顔で選ぶわけではありませんよ」

彼は魔宝石の話ができる貴重な存在だ。

しかも、恋愛や結婚に興味がないところも安心できる。

「そういうところだよ。いいねえ、いいねえ」

おばさんが嬉しそうに私の肩を小突いてくる。

「あの……先ほどから何がいいのでしょうか？」

「父親譲りなのかね～。無自覚に人たらしっていうかね～」

おばさんはレックスさんの様子を窺って、何度かうなずいている。

レックスさんは無表情だけれど、なぜか私を見る目が優しいような気がした。

「よくわからないのですが……」

どの辺りが父さんに似ているのか聞きたいのにおばさんは特に説明をしてくれず、娘さんをレジカウンターから引っ張り出して、「またのご来店お待ちしております」と頭を下げてくれた。

釈然としない気持ちのままレックスさんと退店して、自宅へと向かった。

◯

王都大通りの終着点にある自宅は屋根のタイルに水晶《クォーツ》を使っている、ビクトリアン・クォーツ様式の一戸建てで、昼間になると陽光を反射し、時間によっては小さな虹が見られる家だ。

レックスさんは何度か我が家に来ているため、勝手知ったるという様子で案内されるままに玄関を抜け、リビングに入った。無言でリビングの窓に映る庭を見つめる。

「父が設計士に頼んで作ったそうです」

「美しいな」

お昼時になると、屋根の水晶《クォーツ》が陽光を反射して、庭にカラフルな格子柄を作る仕掛けだ。芝生の上には虹色の光が落ちている。

気に入ってもらえているとわかると、父さんが褒められている気がして嬉しくなる。

「どうぞソファにお座りください。コーヒーをお淹れしますね」

火を入れていない暖炉の前にあるソファをお勧めする。

エメラルドと同じ翠緑色のソファはふかふかで私のお気に入りだ。

レックスさんは何も言わずに持っていたトランクをダイニングテーブルへ置き、中から紙袋を取り出した。

「今年の新作を試さないか？」

レックスさんが紙袋からコーヒー豆の入った包装紙を見せてくれる。

「アールマッカという豆だ。口当たりが柔らかい」

「いいんですか？」

「ああ」

心なしかレックスさんは嬉しそうな雰囲気だ。

「いつも気を使ってくださってありがとうございます。早速淹れますね。あと、今度こそ料金は折半にいたしましょう。おいくらでしょうか？」

「料金は問題ない。感謝のしるしだ」

「感謝しているのは私のほうです。ミランダ様との連絡役になってくださっていて、こうして趣味のお話もしてくださるんですから。ですので、お気づかい無用です」

「そういうわけにもいかないだろう」

このやり取りも何度目だろうか。

レックスさんは軽く肩をすくめてから、「私が挽いても？」と言って、キッチンに置かれている豆をコーヒーミルへと投入した。ソファへ座るつもりはないようだ。

「では、せめて昼食を食べていってください。お昼にはいい時間ですし、外食ですとちょうど休憩時間でお店が混んでいると思います。私が作るので味は普通だと思いますが……」

「大事な取引相手に作っていただくわけにはいかない」

「いえいえ。いただいてばかりでは申し訳ありませんよ」

「……今朝、祖母にもオードリー嬢の厚意は受けろと諭されたばかりだ」

逡巡してから、レックスさんが小さくうなずいた。

「ありがとうございます」

メニューはどうしようか。新たまねぎがあるからオニオンスープにして、今朝、バジルドレッシングに鶏肉をつけて仕込んでおいたので、それをブロッコリーとレタスであえてサラダにしようか。あとは先ほど買ったミルクパンを焼いて、足りなかったらパスタを作ろう。もう一品はほしいから、アヒージョでも作ろうかな。冷蔵庫にエビが入っていたと思うけれど、クリスタが食べちゃってるかもしれない。確認しないと。

「店主いわく。粗めがいいそうだ」

私が献立を考えていると、レックスさんがコーヒーミルのハンドルに手を置いた。

コーヒーミルは木製の台座に、呼び鈴をひっくり返したような銀製の器があり、その上にハンドルがついている。ハンドルの持ち手部分に精霊が彫られた父さんお気に入りの一品だ。何度も力強く回しているので、持ち手が摩耗して精霊がのっぺりした顔つきになっている。これも味があって良い。

「ダイヤルを設定しますね」

レックスさんの隣に行き、台座のダイヤルを回して粗さを調整する。

「あとは挽きながら調整するといいと思います」

レックスさんはうなずき、ハンドルを回し始めた。

こりこりと豆を潰す音が響き、台座の下に設置された受け皿に挽かれた豆が溜まっていく。

コーヒーはただ淹れるだけではなく、こうして豆を挽くところから楽しめる。

お湯がないためコンロに細口ドリップポットを置いて火にかけた。

気になったのでコーヒーミルの受け皿に顔を近づけて息を吸い込むと、甘みを感じるコーヒー豆独特の香ばしい匂いがした。

「ん～、いい香りですね。美味しそうな豆です」

「……オードリー嬢、頭をぶつけるぞ」

「あ、すみません」

中腰になってコーヒーミルに顔を寄せていたので、レックスさんの腕に当たらないように頭を引いた。

彼は挽いた豆をつまみ、粒の大きさを確認する。

「この粗さでいいだろう」

そう言ってレックスさんが再びハンドルを回す。

豆が砕かれる小さな音がリビングに響き、昼のあたたかな光がリビングの絨毯に差し込んでいる。

窓から見える庭には、屋根の色とりどりな水晶《クオーツ》が作り出す虹色の格子柄が芝生の上に落ちていた。

ハンドルを回すレックスさんの目は真剣だ。何事にも真面目に取り組むお人柄なのだろうと思う。

何をしても絵になる人だ。

レックスさんは二人分の豆を挽き終わると受け皿を取り出した。

私は戸棚からコーヒーカップを取り出し、ペーパーフィルターを広げて円錐形になるようにカップ上部に置いた。

「どうぞ」

キッチンの壁にかけてあるコーヒー用のメジャースプーンをレックスさんに渡す。

彼はメジャースプーンで挽きたてのコーヒー粉をすり切りで一杯分すくい上げ、フィルターに落とした。

「すでにいい香りですね」

「楽しみだ」

コーヒーは嗜む程度と言っていたけれど、レックスさんはかなり詳しい。

私も感化されて、最近では近場のコーヒー専門店で豆を買ったり、喫茶店のマスターに色々と聞いて知識を増やしている。

「お湯は私が入れてみてもいいでしょうか？」

「まかせよう」

ちょうど水が沸騰したので、細口ドリップポットを持ち上げる。

まずは少量のお湯を注ぎ、コーヒー全体にお湯を含ませ、数十秒そのままにして蒸らす。

「長めに蒸らしますか？」

「そうだな。濃いめでいただきたい」

「承知いたしました」

コーヒーは蒸らし時間で味が変わる。

レックスさんは濃いめがお好きなようなので、四十秒ほど数えて蒸らしを終えた。

ぽたぽたとフィルターからコーヒーが落ちる。

芳醇な香りが匂い立ち、湯気がゆらりと上がった。

カーパシー魔宝石商にいた頃にはなかった心のゆとりが、このゆったりとした時の流れを楽しませてくれる。

蒸らしが終わったので、コーヒー粉の中心から外側に向かって、渦を巻くようにお湯を注いでいく。ペーパーフィルターにお湯が当たると風味が損なわれる場合があるため注意だ。

ペーパーフィルターの中ほどまでお湯を注ぐ。

お湯が落ちるのを待って、すべてのお湯が落ちきる前にお湯を注ぐ。

これも失敗できないので集中が必要だ。

普段淹れるとき、クリスタに邪魔されて失敗することもある。そういえば、今日はめずらしく新しい豆にも興味を示していないけど、どこに行ったのだろうか。

お湯の注ぎ方でも抽出時間が変わるので、深くて濃いものがお好きなレックスさんのために、ゆっくりと、カップが七割ほど満たされるまで、お湯が落ちるのを待ち、落ちきる前に注ぐ、という工程を四回ほど繰り返した。

淹れ終わったら、水滴がこぼれないようにフィルターを取り除いて完成だ。

「できました。いかがでしょうか？」

「さすが鑑定士だな。手際がいい。手先が器用だからだろうか」

「どうでしょうか？　父の教えがよかったのかもしれません」

レックスさんがカップに鼻を近づけ、香りを嗅いで満足そうにうなずく。

ご本人は伯爵家の出であることをあまり言わないけれど、コーヒーの香りを楽しむ仕草一つ取ってみても、気品があった。

「オードリー嬢のコーヒーは私が淹れてもいいか？」

「はい。ぜひお願いいたします」

客人にやっていただくのはどうだろうかと思ったけれど、レックスさんがやりたそうな目をしている気がしたので了承した。

「私は軽めでお願いしたいです」

彼は黙ってうなずき、カップを置いて、細口ドリップポットを華麗に操る。

手慣れた様子に感嘆のため息が漏れそうになった。

レックスさんなら魔道具師ではなく、喫茶店を開業しても食べていけそうだ。

特に何を話すわけでもなく、何度も注がれるお湯の流れ落ちる軌跡と、新しく淹れるコーヒーの匂いを感じるだけで、幸せな気分になった。

「どうだろうか？」

レックスさんが細口ドリップポットをコンロへ戻し、ペーパーフィルターを取り除いてくれた。

幸せなコーヒーが湯気を上げる。私が淹れたものよりも、気持ち色が薄い。

お礼を言ってカップをつまみ、香りを確かめた。

「……いい香りです。レックスさんの淹れてくださったこちらのほうが、香り高い気がします」

まだ熱いのでほんの少しだけ口をつけると、ふわっとした柔らかい口当たりと仄かな甘い香りがした。クリーミーな味わいだ。

その後に、鼻孔の奥へ爽やかな酸味が抜けていった。

フルーティーで白ワインのような香りも感じる。

一口で何度も楽しめるコーヒーだ。心を落ち着かせたいとき、一息つくにはぴったりの一杯だと思う。

「素晴らしいコーヒーですね。他にない独特な味わいがします」

「それはよかった」

レックスさんは相変わらずの無表情だったけど、ぴくりと眉が動いた。

自分のおすすめしたものを褒められて嬉しいのかもしれない。その気持ちはよくわかる。

私もお客様に魔宝石をおすすめして喜んでいただけたときは、自分と我が子が褒められたような気持ちになる。

「アールマッカはどちらの地域の豆なのですか？」

「シバ女王が統治するラビー半島の豆だ。王都からは二週間以上離れた場所だな」

「まあ、そうですか。輸送費も考えると、お高かったのではないでしょうか？」

「……大した金額ではない」

「……本当ですか？」

レックスさんがそっと目をそらした。

「本当だ」

「あまりいただいてばかりだと申し訳ない気持ちになります。ミランダ様含め、便宜を図っていただいているので……。やはり半額お支払いします。こんな素敵なコーヒーを知れただけでも嬉しいですから」

「友人だからこそ遠慮は無用だ」

「親しき仲にも礼儀ありとも言いますよ」

「見解の相違だな」

何度かまばたきをしてみせて、これ以上は言ってくれるなとレックスさんが目で訴えてくる。

「次回、どこかの喫茶店でコーヒーでも奢ってくれ」

「……困ったお人ですね」

思わず苦笑してしまうと、レックスさんが「昼食は楽しみにしている」と言った。

○

「パンがない」

紙袋を開けると、買ったはずのパンが跡形もなく消えていた。

中に残っているのはおまけでいただいたミニカヌレだけだ。

『もう食べられないよ……』

どこから姿を現したのか、ぽっこり膨らんだお腹をさすりながらクリスタが私の眼前で浮いていた。

ミルクパンは六枚切りだったし、マフィンとサンドイッチもあったから結構な量だ。

精霊の胃袋がどうなっているのか知りたい。

「オードリー嬢？」

ソファに座ってコーヒーを飲んでいたレックスさんが顔を上げた。

「すみません。独り言です。私、どうにも独り言が多くて」

「なるほど」

レックスさんはうなずいて、窓の外へ視線を移した。

『全部食べちゃったの？』

レックスさんに聞こえないよう、クリスタに小声で確認する。

『ミニカヌレは食べなかったよ。ほかは全部食べたけど～』

『次からは教えてね。お腹が痛くなったら大変だよ』

『だって食べたかったんだもん』

口を尖らせてクリスタがぶーと息を吐き出す。

それでも憎めないところがクリスタの可愛らしさだ。

レックスさんにパンがなくなっていると気づかれたら大食いで早食いの女だと思われそうなので、こっそりと紙袋を戸棚へとしまった。

アールマッカを一口飲み、香りを楽しんでから、二人分のパスタを茹でることにした。

鍋にたっぷりと水を入れる。

あまりレックスさんをお待たせするのもよくないと思い、【沸騰《ウチュール》】という言霊《ワード》で精霊魔法を行使すると、十秒ほどで水が沸騰した。

これは便利でくせになりそうだ。効率が良い行動は好きだ。

ちなみに、水は王国が一括管理をしており、各家庭に分配している。使いすぎると都市騎士に訪問されて黄色札を渡されるので気をつけないといけない。黄色札一枚で金貨一枚の罰金だ。余程使わないと罰金にはならないので、一度も札を渡されたことはないけれど。

沸騰したお湯に塩を加え、パスタを放射状に入れて、ゆっくりとかき混ぜる。

茹でている間に、オニオンスープ、バジル味の鶏もも肉とブロッコリーとレタスサラダを作った。ドレッシングはシンプルにオリーブオイルと塩コショウにしておく。

冷蔵庫のエビはクリスタに食べられておらず無事だった。

アヒージョにしようと思ったけれど、添え物のパンが食べられてしまったから……普通のアヒージョから方向転換して、じゃがいもをメインとしたボリュームのあるアヒージョを作ろう。

手早く作っていると、パスタの味付けはレックスさんがやってくださると言って、キッチンに来てくれた。

昼食を終えて食後のコーヒーを淹れると、レックスさんが本題を話し始めた。

レックスさんは暖炉近くの一人がけソファ。私は三人がけソファに腰を下ろしている。

父さんがこだわって入手した木目が美しい無垢材のテーブルでは、二つのコーヒーからゆらゆらと湯気が上がっており、クリスタが年輪の収束している丸い部分で寝転がってうつらうつらしていた。

パスタは少なめにして腹八分目にしておいた。コーヒーが美味しくいただける。

満腹だと飲むのもつらくなってしまう。

「例の品だ」

レックスさんがトランクからなめし革のケースを取り出して、中から魔道具を取り出した。

「完成したんですね」

「ああ。オードリー嬢のアイデアが生きた。祖母からの伝言は、新しい魔道具のアイデアありがとう。些細なことでも何か思いついたらレックスに言ってちょうだい、とのことだ」

レックスさんが淡々と伝言を伝えてくれた。

「お役に立てたようで嬉しいです。私からも、いつもありがとうございますとお伝えいただければと思います」

「伝えておこう」

うなずいて、レックスさんが魔道具をこちらへ差し出した。

「拝見してもよろしいですか？」

「ぜひ見てくれ」

レックスさんから魔道具を受け取った。

縦長十五センチほどの黒い魔道具で、太い持ち手がついており、先端が潰れたU字型をしている。

「感電器《スタンガン》と命名した。親指の箇所にボタンがあるだろう？　そこを強く押し込んでくれ」

指示通りボタンを押すと、バチバチと先端付近に電撃が走った。

これはすごい。アイデアをお伝えしてからまだ一週間しか経っていないのに、実際に使えるようにするなんて、レックスさんは優秀な魔道具師だ。

以前、雑談している際に婦人用の護身魔道具の話になった。

〝灰色の雷《セプタリアン》〟という魔宝石が使えるのでは、と私が思いつきを伝えると、レックスさんがかなり乗り気で魔道具の作製をしてくれることになった。

「先端を相手に押し付けてスイッチを押せば電撃が流れて暴漢を無力化できる。彫り込んだ魔法陣が大きすぎて小型化できていないが、改良すればもっと持ち手を細くできるだろうな」

「電撃を受けたら痛そうですね」

私はもう一度ボタンを押してみる。

再び、青白い電撃がU字型の先端部分に流れた。

「三分ほど動けなくなったな」

「あ……ご自分でお試しになったんですね」

「それはそうだろう」

何を当たり前のことを、とレックスさんが言う。

レックスさんが三分間痺れている姿を想像すると……いや、やめよう。彼は真面目にやっているのだ。

『この金髪、面白いもの作るね～』

テーブルに寝転んでいたクリスタが顔を上げて、あくびをしながら感電器《スタンガン》を見ている。精霊にとってこの魔道具は面白いものにあたるみたいだ。

「問題は〝灰色の雷《セプタリアン》〟が高価なことだな。貴族向けの商品になりそうだ」

「採掘が難しい魔宝石ですからね」

感電器《スタンガン》の持ち手の柄を見ると、〝灰色の雷《セプタリアン》〟が埋め込まれていた。

球状の結晶体で、断面が稲妻の形に見えることから命名された魔宝石だ。

電撃を内包していることから主に短剣などに付与され、魔物討伐などの補助的な武器として利用されている。

見た目はべっこう色と黒のまだら模様だ。とても可愛い。

「この大きさならバッグにも入りますし、スカートの膨らみを利用して腰部分や、太ももにホルスターをつけて装備すれば護身用として活躍できるかと思います。ほしいという女性はいそうですね」

「祖母は早速、持ち歩いている」

「さすが魔道具蒐集家です」

「ああ。集めすぎて執事が常に困っているな」

「コレクターには何を言っても通じないそうですね」

喜んでいるミランダ様を想像して私が笑うと、レックスさんが小さく肩をすくめた。

「作るほうが面白い」

しばらく、感電器《スタンガン》について意見を交換する。

鑑定士の視点から、できる限りの意見はお伝えした。

商品化するときは私にも売り上げの一部が入るように手配してくださることになった。

魔道具師と鑑定士はこうしてペアになって、新しい商品を作ることが多い。

魔宝石を扱う魔道具師に鑑定士はなければならない存在だ。父さんもよく魔道具師の方と話をしていた。

二十分ほどお話をしてコーヒーを淹れ直すと、レックスさんがポケットから懐中時計を取り出した。

ほぼ無表情だけれど、怪訝な雰囲気になる。

「どうかされましたか？　何かご予定があるなら、コーヒーは残していただいても大丈夫ですよ」

「ああ……。いや」

レックスさんは軽くうなずいてから、懐中時計の裏蓋を開けた。

「時間がズレていてな。巻きが甘かったかもしれない」

リビングの角に置いてある大型のホールクロックを見つつ、レックスさんが時計の時刻を合わせている。

「懐中時計って結構ズレますよね。古いものは癖がついてゼンマイを巻くのもコツが必要になると聞いたことがあります」

「これもそうだ。十年以上使っている」

レックスさんが作業を終えて、裏蓋を閉めた。

毎日ゼンマイを巻くのも不便だ。

私も個人事業主なので懐中時計は持ち歩いているけれど、あまり頻繁に時間は確認せず、ギルドにあるホールクロックをよく利用している。あとは遅刻しないように早めに出かけるようにしていた。

そういえば、懐中時計には魔宝石が使われていない。

時刻を正確に刻み、ゼンマイが必要ない時計が誕生したら、もの凄く便利そうだ。

それこそ、一年くらい勝手に時を刻む時計などあったら絶対に買う。

使われていない魔宝石で、動作を固定したり、秒針を動かせそうな効果があるものは何かないだろうか……。

「懐中時計に魔宝石を組み込めないでしょうか？」

私が言うと、レックスさんがポケットへ懐中時計をしまおうとした手を止めて、顔を上げた。

「何か思いついたのか？」

「そういうわけではないのですが……考えてみたくなりました」

「ゼンマイ不要の時計を開発したら大発明だぞ」

「使えそうな魔宝石がいくつか頭の中に浮かびました」

一度思いついてしまうと、そわそわしてくる。

早く魔宝石を買い付けに行って、効果を試したくなった。

魔宝石を鑑定して鑑賞するのも好きだけれど、魔宝石が人の役に立って便利に使われるのも好きだ。何より、自分があまり利用されていない、いわゆるマイナーな魔宝石に脚光を浴びせるのは、得も言われぬ高揚を覚える。

父さんも魔宝石の新しい使い方を魔道具師に提唱していた。

既存の魔宝石の新しい利用法は、未知の魔宝石を発見することと同様か、それ以上の知的興奮を覚える。父さんもこんな気分だったのかもしれない。

「オードリー嬢？　ああ……これは自分の世界に入っているな」

『この顔のオードリーは話しかけても無駄だよ～』

クリスタが私の目の前をふわふわ飛んでいるけど、今は少し待ってほしい。

高価すぎるものは除外して……マイナーな魔宝石で、見た目はひとまず考えずに……。

私は自分の脳内にある魔宝石の候補から、懐中時計に使えそうなものを絞っていった。

3

懐中時計の動力になりそうな魔宝石の候補を思いついたので、レックスさんが帰ったあと、すぐに買い付けへ行くことにした。

大通りから乗り合い馬車の停留所へ行き、百ルギィを支払って乗車する。

三十人ほど乗れる大型馬車には、五人ほどが乗車していた。皆、人の行き交う王都を眺めている。

『オードリー、わくわくしている？』

『楽しくなってきたよ。未知なる発見は人類に備わった冒険心そのものだね』

『いいよ〜。オードリーが人生を楽しめば楽しむほど、目玉もキラキラになるからね。もらうのが楽しみだなぁ』

『……可愛いのに怖いよ、クリスタ』

揺れの少ない王都の整備された道を楽しみながら、クリスタと小声でしゃべる。

現在請け負っているジュエリーの値付けもある程度終わっているので、一日、二日ほど自由に過ごしても問題ない。

元職場のブラックさを思い出すと、なんて自由なのだろうか。

自己裁量で時間を好きに使えることがこんなにも素敵で心躍るのだと、もう少し早く知っていたら、私も身の振り方をもっと真剣に考えていたかもしれない。

『好きな時間に好きな仕事をする。こんなに素晴らしいことはないよ』

『うん、うん。ぼくもそう思うよ』

クリスタがくるくると回転しながら、うなずいている。

魔宝石店の並ぶ、水晶通りに到着したので乗り合い馬車を降りて、目的の店へと足を向けた。

水晶通りは高級な魔宝石を取り扱う店は少なく、その代わりに庶民的で有用な魔宝石を取り扱う店が多く並んでいる。照明の役割を果たす〝蛍石《フローライト》〟などがそうだ。

今回、私が探している魔宝石はこの通りにありそうだった。

『何を探しているの？』

『懐中時計を動かす魔宝石だよ』

『さっき金髪にも言っていたよね？』

『そうだよ。魔宝石の中には〝不変〟の効果を持つものがいくつかあるよね？　代表的なものは〝金剛石《ダイヤモンド》〟とか』

『そうだね～、硬くて割れないよね～』

『〝金剛石《ダイヤモンド》〟は種類が多いから効果も万別だけれど、もっともポピュラーな効果は、状態を固定することにあるんだよ。例えば盾に組み込んで、硬度を不変にするとかがそれにあたるね』

『〝金剛石《ダイヤモンド》〟の精霊ってすっごい無口なんだよ。知ってる？』

クリスタが急に違うことを言ってきたので、興味をそそられた。

水晶通りには人が行き交っており、魔宝石商人らしき人たちが多い。二人組の男性とすれ違う。古代語を聞かれたら変な女と思われそうなので数秒口を閉じた。

『いつか〝金剛石《ダイヤモンド》〟の精霊にも会ってみたいね』

『〝蛋白石《オパール》〟の精霊は変なヤツが多いね』

『とっても気になるからそれは後で聞くとして……もう少し話してもいい？　考えをまとめたいから』

『うん。仲間の話を聞きたいな』

クリスタがにっこりと笑った。

水晶精霊にとって、他の魔宝石は仲間というくくりになっているようだ。

『懐中時計の秒針みたいな、軽くて小さい物を動かす動力系の魔宝石は存在していないんだよ。限定的に動かすなら極小の魔宝石を選べばできそうだけど、それを永続で、同じ時間を刻ませる、というのは不可能に近いね』

『へえ～』

『そこで、秒針の動きを固定化すればいいいんじゃないかなと思ったんだよ』

秒針を動かすのではなく、動きを固定化する。

そういうアイデアだ。

一度ゼンマイを巻き、秒針が動き始めたところに、〝不変〟の効果を付与する。魔宝石の魔力が続く限りは秒針が一定の速度で動き続けるのでは？　という仮説である。

『それで、〝楔石《スフェーン》〟が使えそうだなと思ったんだ』

〝楔石《スフェーン》〟は魔宝石の中でも利用法が見つかっていない石だ。

単斜晶系に分類され、内包物によって黄、緑、赤、褐色などに変化する。

魔力を内包して魔宝石になるものは、青緑色で光沢がある。

ダイヤモンドと同等かそれ以上に光を分散させる力があるので、肉眼で見るときらびやかで美しい石だ。

ただ、魔宝石としての効果は微妙なもので、不変の効果があると言われているが、発する魔力が微弱すぎて、せいぜいが埃《ほこり》程度の軽量なものに干渉するくらいしかできない。よって、主に観賞用として売買されていて、安価な魔宝石に分類される。

私がそんな話をつらつらとクリスタに説明していると、目的の店舗に到着した。

『おっきい水晶だ！』

クリスタが音が出そうな勢いで飛んでいき、店頭にある水晶に飛びついた。

私よりも背の高い六角柱の水晶が、〝蛍石《フローライト》〟によって作り出された光を浴びて、通りの石畳に幾何学模様の光を作り出していた。

『何度見ても迫力があるよね』

魔宝石ショップ・レヴィの石、というお店だ。

店内に入ると、四方の壁全面に棚が設置されており、天井までぎっしりと魔宝石が陳列されている。中央にもガラス張りの見下ろせる陳列ケースがあった。質よりも、量と種類に重きを置いているため、いつ来ても何かの拍子に魔宝石が落ちてこないか心配になる。

『……魔宝石に埋もれる最期もいいかも』

『いいんじゃない？』

私のつぶやきに、後からついてきたクリスタが適当な相槌を打った。

カウンターを見ると、店主である白髪のおばあさんが無言でジュエルルーペを覗き込み、手早く石を鑑定していた。シルバーバッヂをエプロンにつけている。私と同じDランク鑑定士だ。

私がカウンターの正面に立つと、おばあさんが顔を上げた。

「何か？」

しわがれた声が響く。今にも説教をしてきそうな気難しい顔つきだ。

彼女は私を見ると、一瞬だけ目をすがめてから、「ああ、あんたね」と言って、ジュエルルーペを年季の入ったエプロンのポケットにしまった。

父さんにおつかいを頼まれて何度も来ているお店だ。

私の見た目が変わっているから気づかれないと思ったけれど、さすがと言えばいいのか、認識してくれたようだ。

「何を探してるんだい？」

「〝楔石《スフェーン》〟を探しております」

「魔力切れした鉱石？　魔宝石？」

「魔宝石です」

「大きさは」

「小指の爪以下のサイズを十個ほど。魔力がなるべく残っているもので」

「ちょっと待ってな」

店主は立ち上がって腰を伸ばすと、脚立をカウンター裏から出してきて、天井付近にあるガラス戸棚の中から箱を取り出した。おばあさんとは思えない軽やかな身のこなしだ。慣れているのだろう。

脚立から降りると、カウンターに戻って先ほどと同じ椅子に座った。

店主が無造作とも見える手付きで箱の中から〝楔石《スフェーン》〟をつかむと、カウンター内の作業台に広げた。可愛い魔宝石たちが小さく転がり、カウンター内部を照らす照明スタンドの光を浴びた。店主はすぐに鑑定をし直し、丁寧に選別していく。

「〝楔石《スフェーン》〟、〝楔石《スフェーン》〟……ああ、水晶が交じってるね。まったくあのジジイ適当な仕事して……」

黒布が敷かれた枠付きトレーに選別した〝楔石《スフェーン》〟を載せると、こちらに差し出してきた。

小指の爪以下の〝楔石《スフェーン》〟が二列に五つずつ、綺麗に並んでいた。

「サイズはこれでいいかい？　もっとバラつきが必要？」

「こちらで大丈夫です」

「一つ二千ルギィ。二十個だから四万。鑑定書をつけるならプラス五千ルギィね」

店主は私に見せていたトレーを引き戻して、もう用事は終わったと言わんばかりに茶封筒へ

〝楔石《スフェーン》〟を入れて折り目に糊を付け、封筒の口を閉じた。

「鑑定書は必要ありません」

財布から四万ルギィを出してカウンターに置いた。

「まいど」

店主は茶封筒をこちらへ渡し、金貨をつまみあげて鍵付きレジスターに放り込むと、再び鑑定作業に戻った。

『無愛想なばあちゃんだね』

店内を飛んでいたクリスタが、お腹をくすぐられたみたいに楽しそうに笑う。

『父さんとは気が合ったみたい。お互い無口だからかもね』

私が小声で古代語を返すと、怪訝な表情で店主が目だけを向け、すぐに興味をなくしたのか視線を魔宝石に戻した。

親子揃って変な人間だ、と言いたげな視線だった。

〇

〝楔石《スフェーン》〟を購入して家に帰ってきた。

手を洗ってパン屋のおばさんにもらったミニカヌレを一つ食べ、一息ついてから、アトリエに入る。クリスタはミニカヌレを口いっぱいに入れて頬をふくらませ、ふわふわと後ろをついてきた。

てておこう。

「甘すぎないのがいいね」と言っている。パン屋のおばさんには、精霊も喜ぶお味ですとお伝えしておこう。

アトリエには父さんが育てていた大小様々な薬草が生えており、標本の魔宝石や鉱石が所狭しと置かれている。窓からは太陽の光が降り注いでアトリエの三分の一を明るく照らしていた。

自分の作業台に、買ってきた〝楔石《スフェーン》〟を広げる。

小指の爪ほどのサイズなので、転がって落ちないようにゆるい縁がついた布の上で作業をする。全部で二十個だ。

形はほぼ丸いものから、少し横に広がったいびつなものもある。

これも個性だ。一つ一つの魔宝石が愛おしい。

ジュエルルーペを取り出して、精霊魔法で光源を出して鑑定していく。

問題なくすべての〝楔石《スフェーン》〟に魔力が内包されていた。安価なものを取り扱っている魔宝石商会だと、魔力切れになっている商品を販売されることが稀にある。あの店主はそういったミスがないことで、父さんから信用されていた。

『〝楔石《スフェーン》〟をどうするの？』

『まずは実験だね』

父さんの作業台のフックにかけられていた懐中時計を取り、自分の作業台に置く。

使わなくなって時間が経過している懐中時計なのですでに動きは止まっていた。

前面のガラス蓋を開けてから、懐中時計と触れ合うようにして〝楔石《スフェーン》〟を設置した。

精霊魔法の中に【接続《オクエト》】と【効果《アクオト》】という言霊《ワード》が存在している。

これを組み合わせると、魔宝石の効果が物体に付与できるらしい。

父さんの手記に記されていた言霊《ワード》の組み合わせの一つだ。

『魔法を使うよ』

『なになに！　なにを使うの？』

ミニカヌレを飲み込んだクリスタが、作業台でタップダンスを始めて見上げてきた。魔法を使うのが嬉しいみたいだ。

『懐中時計に〝楔石《スフェーン》〟の効果を付与するよ。見ててね』

『わかった！』

クリスタが踊りながら、懐中時計を見つめる。

小さな観客に見守られつつ魔力を高めて、指をさして狙いをつける。

「――【効果《アクオト》】【接続《オクエト》】」

スッと力が抜けるような感覚が走り、指先から光が走った。

光は〝楔石《スフェーン》〟に当たり、蛇のようにうねってから懐中時計の秒針に吸い込まれていった。

『【効果《アクオト》】と【接続《オクエト》】の言霊《ワード》かぁ～、面白いね！　あんまり使う人がいない魔法だよ』

『そうなんだ。成功かな？』

懐中時計を手に取り、裏蓋を開けてゼンマイを一巻きだけしてから秒針を動かしてみる。

カチ、カチと二十秒ほど秒針が動いたけれど、力なく止まってしまった。

上手く効果が接続できていなかった？

一度、整理しよう。

〝楔石《スフェーン》〟は微弱な不変の効果を持つ魔宝石だ。その効果を秒針に付与しようとした。でも、失敗してしまった。

あ……順序が逆なのかもしれない。

秒針を動かしてから、不変の効果をつけないとダメだ。先に効果を付与してしまうと、動いていない状態が不変になってしまう。

『あ〜、この〝楔石《スフェーン》〟、もう魔力がないよ』

『え？　もう魔力切れ？』

『うん。キラキラが消えちゃった』

『あら……精霊魔法で強引に接続したからかな？』

ひとまず、すぐに魔力が切れてしまう問題は後で解決策を探すことにして、懐中時計のゼンマイを回して秒針を動かし、次の〝楔石《スフェーン》〟を懐中時計と触れされた。

「――【効果《アクオト》】【接続《オクエト》】」

狙いを定めた場所へ魔法が飛んでいき、〝楔石《スフェーン》〟と秒針が接続された。

どうだろう。今度は上手く効果が付与できただろうか。

しばらく秒針の動きを見守ると、今度は七十秒ほどで止まった。

『成功……なのかな？　クリスタ、どうだった？』

『〝楔石《スフェーン》〟から魔力は流れてたよ〜。でもまた魔力切れみたいだね』

『なるほど。そっちの問題を解決しないと厳しそうだね。とりあえず、〝楔石《スフェーン》〟でも秒針が動かせることがわかってよかったかな』

魔力が切れた〝楔石《スフェーン》〟をつまみ上げて、ジュエルルーペで覗き込む。

先ほどは見て取れた魔力の流れが、完全に途切れていた。夜になって閉店した店舗のように、どこか寂しい気持ちになる。鉱石になっても十分に愛らしいけれど。

『このさ〜、カチカチ動く時計って必要なの？』

クリスタが止まった秒針を指でつついている。

『働く人間にとっては必要だね。予定が詰まっている人……貴族とか王族は必ず持っているよ』

『へえ。太陽を見ればわかるのにね』

『精霊さんは待ち合わせとかするの？』

興味が湧いてきて聞くと、クリスタが丸い瞳を何度か開閉してうなずいた。

『うん。夕日で空がオレンジ色になったら集合とか、そんな感じ』

『アバウトなんだね』

『そうだよ〜』

精霊の社会は寛容で楽しそうだ。

クリスタの頭を指先で撫でると、作業台の上部に設置されている本棚から魔宝石カット全集を取り出した。

魔宝石のカット方法について詳しい記載がある本で、見本の絵も見やすく、これもかの有名な魔宝石卿が出版した一冊だ。

魔宝石を加工、研磨する専門家の彫刻師が必ず持っている一冊である。

もちろん、鑑定士も買うべき本だ。これから鑑定士を目指す方がいればぜひともオススメしたい。

『魔宝石を美人にするの？』

クリスタが本を押さえている左手に乗ってくる。

『そうだよ。綺麗にカットして、効果を最大限引き出すんだよ』

『あ、これ、金剛石《ダイヤモンド》のカットだ』

クリスタがめくっていたページを見て声を上げた。

『一番有名で一般人でも知っているラウンドブリリアントカットだね。カットの方法は魔宝石に合わせないといけないから、今回はこれじゃないかな』

『へえ。なんでダメなの？』

『ラウンドブリリアントカットは金剛石《ダイヤモンド》専用みたいなところがあるからね。弱い魔宝石だと効果が低くなっちゃうんだよ。選ばれし魔宝石のみに適応できるカットだね』

『そうなんだ』

『〝楔石《スフェーン》〟は……これなんかがいいと思うんだよね』

数あるカット方法のうち、ブリオレットカットを選択した。

雫形のカットで、周囲をファセットで囲まれている。ファセットというのは、カットされた面のことだ。八十四ほどの数になるのがブリオレットカットの一般的な手法だ。ファセットが多ければ多いほど輝きも増す。すなわち、普通のカットよりもファセットが多いこのカットなら、魔力の流れがよくなって持続力が向上する……と思われる。

加えて〝楔石《スフェーン》〟の魔力の流れが独特な円軌道を描いていることも、このカットを選んだ理由だ。雫の形に似た動きをしているので、それに合わせた形になる。

『やってみよう。魔法でチマチマと』

私は彫刻師ではないので、カットは専門外だ。

それでも精霊魔法があればどうにかなってしまいそうなので恐ろしい。

『使うのは【固まれ《エラテイ》】と【切れろ《オルリイ》】かな？』

【固まれ《エラテイ》】で魔宝石を固定して、【切れろ《オルリイ》】でカットしていくという考えだ。

ちょっとずつカットしていけば、どうにかできると思う。彫刻師にお願いしたいけれど、アイデアを横取りされる可能性もゼロじゃない。知り合いに彫刻師がいないのが痛いところだ。

できる限り自分でやって外注は避けたい。

『四つ重ねがけすればいいじゃん。【我の《オーワアル》】【指示に従え《エアシユタイジユレ》】【想像のまま《アマオヌーゾ》】【切れろ《オルリイ》】とか』

『え？　もう一度いい？』

『【我の《オーワアル》】【指示に従え《エアシユタイジユレ》】【想像のまま《アマオヌーゾ》】【切れろ《オルリイ》】だよ』

クリスタが魔力の切れた楔石に指を向ける。

すると魔力が飛んでいき、楔石が極小のミニカヌレに変化した。

カットされた破片がぱらぱらと作業台に落ちる。

『……反則じゃないかな？』

数時間かかる作業が数秒で終わるなんて、精霊魔法は少々おかしい。

『そう？　普通だけど？　鑑定士なら使うよね』

『私の常識が破壊されていくよ……』

『オードリーの魔力回路《パス》が太いからできるんだよ～、よかったね。あ、でも、これ難しいからね。練習したほうがいいよ』

『失敗したら爆発とかしないよね？』

『しないよ～』

クリスタの助言をありがたくちょうだいして、庭にある小石で二時間ほど練習した。

言霊《ワード》の言いづらさもあるけれど、一番は【想像のまま《アマオヌーゾ》】が難しい。雑念が入ると一瞬で変な形になるか、粉々に砕けてしまう。高価な魔宝石で行使するのは避けたほうがよさそうだ。

本の絵をじっくり見て、網膜に焼き付けるぐらい集中してようやく成功した。

アトリエに戻って、縦長の〝楔石《スフェーン》〟を選んでブリオレットカットを施す。

「――【我の《オーワアル》】【指示に従え《エアシュタイジュレ》】【想像のまま《アマオヌーゾ》】【切れろ《オルリィ》】！」

魔力の奔流が指先から溢れ出し、〝楔石《スフェーン》〟が一瞬で雫形にカットされた。

ジュエルルーペで確認すると、見事な八十四面にカットされている。内包する魔力の流れが心なしかよくなっていた。これなら多少効果時間が延びるかな？

それにしても精霊魔法の有用性が異常だ。

カットが一瞬でできることは誰にも言わないようにしよう……。

早速、カットした〝楔石《スフェーン》〟の効果を懐中時計の秒針に付与してみる。

「うーん……五十分の持続か」

効果時間はかなり延びた。

『ふあああぁっ……待つのが疲れたよ。このカットじゃダメってこと？』

『そうみたい。もうちょっといいカットがないかな？　目指すのは一年とかなんだけどね。他のカットも試してみたいね』

それから十二種類のカットを試してみたけれど、どれもうまくいかなかった。

『カットを組み合わせるとかどうだろう？　魔力の流れを見ても、無駄がある気がするんだよね。まだまだ時間が延ばせそう』

『一年も時計を見てないとダメなの？』

『あ……そう言われてみたらそうだね。【魔力残量《ウリールヨズイ》】【解析《イシュタキ》】の言霊《ワード》を使えば逆算で継続力がわかるかな？　最初から使っていればよかった。ある程度形になったらレックスさんに解析をお願いしたほうが確実かもしれない』

魔道具師は付与された魔法効果の解析を専門にしている。

最終的にはレックスさんにお願いしたほうがよさそうだ。

『ぼくは寝るよ～、おやすみ～』

私に付き合いきれなくなったのか、クリスタは先に寝てしまった。

すでに深夜だったので仮眠をとり、翌朝すぐに、〝楔石《スフェーン》〟を三十個ほど買い足した。そのついでに、城下町のはずれにあるセカンドショップへ行き、古くて安い懐中時計を十個ほど格安で購入した。

秒針だけ動けばいいので、一気に実験するためだ。

○

あれから追加で百五十個の〝楔石《スフェーン》〟を犠牲にして、ついに懐中時計に適したカット方法を発見した。

カットして、鑑定して、魔力の流れを確認。

微調整のカットを入れ、鑑定し、魔力の流れを確認。

上手くいかなかったら、検証して分析し、また新しいカットを試す。

この作業を延々と繰り返した。

丸二日作業していたので、クリスタが呆れている。

あと、〝楔石《スフェーン》〟を何度も買い足しに行ったので魔宝石ショップの店主からは「あー腰が痛い、腰が痛い」とお小言を言われた。何度も脚立を上らせてしまったせいだ。申し訳ない。

ともあれ、苦労のかいあって無事に納得いくものができあがった。

『ブリオレットカットを施したあとに丸い部分に切れ込みを入れて、ファセットを四面増やすと最適な魔力の流れが形成されるね！　これは新発見だよ！』

雫形の丸い曲線部分に切れ込みを入れ、細長いハート形にしたところ、魔力の流れが急激に改善された。

ブリオレットカットとハートシェイプカットを組み合わせた形だ。

具体的には元々の八十四のファセットがあるブリオレットカットに、追加で四つのファセットを入れ、合計で八十八面にした。こうすることで、魔力が乱反射して増幅し、漏れ出しづらくなったのだ。〝楔石《スフェーン》〟の魔力が独特な円を描く動きをしていたおかげだと予想している。

改良型〝楔石《スフェーン》〟を懐中時計と接触させ、秒針が動くか確かめる。

継続力を確認したいので、一度、【魔力残量《ウリールヨズイ》】【解析《イシュタキ》】をかけ、一分後にもう一度かけた。

消費魔力と魔力残量から計算すると、一年ほど動き続けることがわかった。

寝不足の目をこすって、改良型〝楔石《スフェーン》〟を鑑賞する。

小さいながらも、黄緑色で透明度の高い魔宝石からは、強い分散光が放たれ、黄金の煌めきと若草のような爽やかな緑色が混ざり合い、美しくもどこか若々しい異国の美少女のような表情を見せてくれた。

ハートを細長くしたようなカットが何とも言えないかわいらしさと高貴さを醸し出している。

このカットのおかげで素敵な一品になった。嫁に出すのがつらい。

完成品第一号であるこの子は誰にも譲渡せず手元に残しておこう。

睡眠時間が二晩合計で四時間ほどの私は、拳を握った。

『私は私のやるべきことをやったにすぎず、人助けに貴賤は問わない。私が騎士になった理由は自分の信念を貫くためだ！　断じて金儲けのためでは無い！』

お気に入りの小説、『ご令嬢のお気に召すまま』最新刊のセリフを古代語にて大声で言い、完成した改良型〝楔石《スフェーン》〟を天井に掲げた。

『いいぞいいぞ～』

クリスタが飛んできて、盛大な拍手を送ってくれる。

『レックスさんにお渡しして懐中時計に組み込んでもらいましょう！』

私が出かける準備を始めようとすると、クリスタが笑顔で肩を叩いてきた。

『その前にお風呂に入って寝たほうがいいよ。髪型とか顔とかひどいよ？』

『……それもそうだね』

気分が高揚しすぎていたけど、正論を言われて鎮火した。

お風呂に二日入らず取引先の方と会うなど個人事業主失格だ。

私は速やかにお風呂へ入り、きちんとした食事をとって、早めに就寝した。

一緒に寝たクリスタもどこか嬉しそうだ。二日間、一人で就寝したから寂しかったのかもしれない。これからは気をつけないとな。

この日はいつになく、ぐっすりと眠ることができた。

4

王都に延びる大通りの中心部には、由緒正しき商店が建ち並び、平日も休日も人の往来が途切れることがない。

主要な街道へ出る東西の大門とつながる大通りは利便性が高く、不動産の空きが出れば即座に埋まる、王都屈指の人気の物件である。

そんな中心部の大通りに鑑定士ギルドがあり、そこから五分ほどの場所に魔道具師ギルドが存在していた。

黄金の髪と碧眼を持つ美丈夫の魔道具師レックスは、ここ数ヶ月懇意にしている鑑定士のオードリー・エヴァンスに呼び出されていた。待ち合わせ場所は魔道具師ギルドの交流室だ。

彼女からの呼び出しはめずらしい。

主に、レックスの祖母であるミランダ元伯爵夫人がオードリーに目をかけており、彼女の父親であるピーター・エヴァンスとも懇意にしていた関係もあるのか、何かと理由をつけて彼女へのお使いを頼まれる。

そのため、レックスからオードリーの元へ出向くことがほとんどであった。

ミランダはなぜか「言伝のついでにカフェでランチもしてきなさい」と命令を下すのが常であった。

レックスの祖母、ミランダの突拍子もない要望には慣れているが、カフェランチの指示など初めてであったので、当初は困惑していた。

しかし、将来有望な鑑定士と縁をつなぎ、今のうちに伯爵家に取り込んでおくという意図があることにすぐに気づいたレックスは、特に疑問もなくミランダのオススメする店へとオードリーを誘っていた。

ミランダのオススメする店が、王都の最先端をいく流行に敏い恋人たちが頻繁に利用する人気の店だとは気づかずに。

ミランダの余計なおせっかいなどつゆ知らず、レックスはオードリーとの関係性に満足していた。

努力を怠らない優秀な鑑定士。

コーヒーと小説が趣味であり、話題に事欠かない。

魔宝石中心の仕事の話もオードリーが博識であるため大変参考になる。

女性の友人ができたのは人生初であった。

レックスがあまりに美形であることと、過去のトラウマのせいで、年齢の近い女性と対等な関係を築くことが今までできなかった。

一体、今日は何の話だろうかと、レックスは交流室のソファに座り、オードリーが来るまで書類を読んで待つことにした。

先日、完成した感電器《スタンガン》の権利回りと特許についての契約書だ。

開発に貴族が絡むと複雑になりがちな契約書を眺め、疑問点にペンでレ点を入れていく。

発案者はオードリー・エヴァンス。

開発者はレックス・ハリソン。

出資者はミランダ・ハリソン。

今回の魔道具についての詳細と、レックスが魔道具として落とし込むために開発した魔法陣、魔宝石の利用方法の特許申請内容。それに付随して商品化された場合の利益取り分が記載されている。

利権が複雑になる場合は出資者が複数人存在し、利益の分配で揉めることが多い。

今回のように身内だけだと非常にやりやすかった。

レックスはある程度書類を確認すると、次に安全性を確認する魔道具師ギルドの検査申請書を取り出して記入した。これも物によっては時間がかかる。特に、今回は剣などに使用される魔宝石を護身用魔道具としているので、王国騎士の検査も入りそうであった。

書類への記入が終わり、トランクへしまっているところで、頭上から声がかかった。

「申し訳ありませんレックスさん。お待たせいたしました」

軽くウエーブした銀髪を胸の上で切りそろえた年若い女性が、大きな深紫の瞳をレックスへ向けていた。淡い色合いをした赤のリボンタイ、丈が短めで金ボタンと上品なフリル装飾が施されたジャケット、上品なワイドロングスカート。ジャケットの胸部には鑑定士のみがつけることを許されるシルバーバッヂが誇らしげに輝いている。

Dランク鑑定士のオードリー・エヴァンスが丁寧に頭を下げた。

「時間通りだ。かけてくれ」

「失礼いたします」

オードリーが背筋を伸ばしてソファに浅く座ると、交流室にいる魔道具師たちから、自然と視線が集まった。

女嫌いで有名なレックスが、若い女性と一対一で会っていることに周囲は驚いている。

レックスは魔道具師ギルドでも目立つ存在であった。

圧倒的な美貌とルックスを兼ね備え、かの有名な魔道具蒐集《しゅうしゅう》家であるミランダ・ハリソンの孫であり、傭兵の資格も保有している。綿密かつ正確な演算ができ、魔道具を動かすうえでかかせない魔法陣の計算式の作製も群を抜いて優秀であった。

未婚の女性から見れば垂涎の物件とも言えるレックスは、年頃の女性と一対一になることを避けていた。交流室で行われる商談の際も、女性が一人の場合は必ず「日をあらためて」と断っているのを他の魔道具師は何度も見かけている。

となると、周囲が気になるのは相手の女性だ。

物静かな印象を覚える顔つきの女性で、素朴ながらも美人の部類に入る容姿をしている。

レックスと並んでいても遜色のない見た目であり、さらには胸に光る鑑定士のバッヂが彼女の価値を急上昇させていた。

見たところ十代後半か二十になったばかりに見える。

鑑定士試験は才能だけで合格できる生易しいものではない。

十年かかってようやく合格。そんな話はザラだ。

最難関資格である鑑定士試験に合格し、しかもあの若さでギルドに功績と実力を認められ、Dランクのシルバーバッヂをつけている。これで評価が上昇しないわけがなかった。

見目麗しく、仕事のできる女性。

レックスの前に現れたのは、研磨された魔宝石のような女性であった。

ただ、当の本人は自分がどう見られているかは気にしていない様子だった。

「突然のご連絡申し訳ございません。実は、すぐにでもお話ししたい件がございまして」

いつもよりやや興奮した雰囲気のオードリーがレックスの目を見てから、バッグを膝の上に置いた。どうやら何か見せたいようだ。

「聞かれても問題ない話か？」

レックスはにこりとも笑わず、無表情のまま周囲へ視線を滑らせた。

レックスの言いたいことを把握したオードリーが、バッグへ入れようとしていた手を止めて、左右を見回した。

交流室は天井が高く、空気を循環させる魔道具のファンが六つ回っている。

室内は一般家庭のリビングが十は入りそうなほど広い。魔道具師らしき男たちがまばらに座っており、奥の席では商談がされていた。

商談中の席は、薄っすらと青い、大きな泡のようなものに包まれている。

「あ……失礼いたしました。父にも重要な話をする際は気をつけろと言われていたことを思い出しました」

「では、遮音の魔道具を展開しよう」

「お願いいたします」

レックスが交流室すべての席に常設されている遮音魔道具を起動した。

机の下にあるボタンを押し込むと、音もなく遮音の膜が一枚現れて、テーブルと座席ごとレックスとオードリーを包み込んだ。

オードリーは見たことのある魔道具なのか、驚く様子はない。

レックスは先ほどより落ち着きを取り戻したオードリーに話を促した。

「では、話を聞こう」

「ありがとうございます。先日、お話しした件を覚えてらっしゃいますか？」

レックスは質問をされて、逡巡した。

「……次の喫茶店ではオードリー嬢が支払いをする、という話ではないな。仕事の話となると、少し思いつかない」

「すみません。回りくどかったですね。まずはこちらを御覧ください」

オードリーがバッグから魔宝石ケースを取り出し、ゆっくりと開いた。

ケースの中には細長いハート形をした、小さな魔宝石が収められている。黄色と緑が入り混じって輝いていた。

「特殊な水晶《クォーツ》だろうか？」

魔道具師も実用的な魔宝石の種類は記憶している。見た目による選別はある程度可能だが、目の前にある未知のカットを施された魔宝石は見たことがなかった。

「こちらは〝楔石《スフェーン》〟です」

「〝楔石《スフェーン》〟……確か、不人気な魔宝石だったな。魔道具への流用も難しいと聞いているが？」

「そうです。〝楔石《スフェーン》〟は不変の効果があるのですが、干渉できる対象物があまりにも小さいため、皆さんの記憶の隅へと追いやられていました」

オードリーは徐々に早口になっていく。

「先日、レックスさんのお話をお聞きしてですね、〝楔石《スフェーン》〟が使えるのではないかと色々と試したところ、うまくいきました。ブリオレットカットとハートシェイプカットを組み合わせることで〝楔石《スフェーン》〟の魔力が内部で乱反射し、魔力が増幅して、干渉できる物体と時間が大幅に延びたのです」

オードリーが目を輝かせて、〝楔石《スフェーン》〟の入ったケースを差し出してくる。

ここまで聞いて、レックスはなんとなく事態を把握し始めた。

オードリーの自宅で別れ際にあった懐中時計のやり取りを思い出したのだ。

「まさかとは思うが……懐中時計に使えるのか？」

「そのとおりです。私の計算では、一年間、ゼンマイ巻きなしで動きます」

「……あれから四日しか経っていないが？」

「ほとんど寝ずに実験しておりました」

「いや、そういう意味ではないのだが」

レックスはいかに自分が常識外れなことをしたのか理解していないオードリーを見て額に手をやりたくなったが、既の所でこらえた。魔宝石が関わると異常なまでのこだわりを見せるオードリーだ。その才能も相まってこのような、世紀の発見をしたのかもしれない。

ゼンマイ巻きの必要ない、魔宝石による懐中時計。

誰しもが欲している物であり、国内で大量生産されることになれば、既存のゼンマイ巻き時計の市場を破壊しかねない発明である。

「レックスさんがお困りのようでしたので、助けになればと思いました。不人気な魔宝石が脚光を浴びるのは素晴らしいことだと思いませんか？」

オードリーは子どものように楽しそうに笑い、〝楔石《スフェーン》〟を差し出してくる。

レックスはケースを受け取り、会話が外へ漏れていないとわかってはいたが、声を落とした。

「オードリー嬢、場所を変えよう。この魔宝石が懐中時計を長期間動かせるのがもし本当ならば、一大事業になる」

レックスの真剣な口調を聞いて、オードリーが何度かまばたきをした。

「……一大事業ですか？」

「ああ。詳しくは移動してからだ」

レックスはケースの蓋をしめてオードリーに返却し、遮音魔道具を解除した。

魔力で構築された泡状の遮音障壁がぱちりと弾けるようにして霧散した。

○

魔道具師ギルドを出た足で馬車をつかまえ、二人はレックスの持つアトリエへ移動した。

王都の中心部南側に位置する、利便性の高い場所だ。

「わっ……素敵なアトリエですね」

鑑定士のアトリエとは違う趣向があって面白い。

魔道具師が使う素材が綺麗に整頓されて棚に収納されており、部屋の中央に作業台が置いてある。

全体的に無機質な雰囲気だが、壁に貼られた解析中の魔法陣が未知を探求する好奇心を刺激した。

「こうして研究され、世の人々の役に立つ魔道具が作られるのかと思うと感慨深いですね」

オードリーもロマンを感じたのか、描き途中の魔法陣を見上げて腕を組んでいた。

ときおり独り言を言っているのはいつもの癖だろうか。

「簡易的な椅子しかなくてすまない。座ってくれ」

レックスは作業台の下から丸椅子を出した。

アトリエはガレージのような作りになっていて、ドアを開ければ外からすぐに入れる仕様になっている。大型の魔道具があった場合などの運搬に便利だからだ。

「コーヒーでも淹れてこよう」

レックスはアトリエの奥へと消えていき、しばらくしてコーヒーを運んできた。

高貴な流線を描く真っ白なコーヒーカップには、薄めの色をしたコーヒーが湯気を上げていた。香辛料であるシナモンとジンジャーを混ぜたようなスパイシーな香りがするコーヒーだ。

「ナース山脈産の豆だ」

「ありがとうございます」

オードリーがカップをしげしげと眺め、香りを楽しみ、一口コーヒーを飲んだ。

彼女は少し眉を寄せてから、口の端を何度か動かした。

「これは……少々苦いですね。燻製のような香りです」

「現実に戻ったか？」

「なるほど。新しい発見に浮かれていたかもしれません」

ナース山脈産の豆を出した意図に気づいたオードリーが、神妙な様子で背筋を正してもう一口コーヒーを飲んだ。

「クセになりそうな味と香りです」

「ブルーチーズと相性がいい。だが、今はやめておこう。作業をするからな」

「そういうことですね。承知いたしました」

察しのいいオードリーが、〝楔石《スフェーン》〟の入った魔宝石ケースをバッグから取り出して、作業台に置いた。

その目には、〝楔石《スフェーン》〟が本当に懐中時計に使えるかどうかを知りたいとありありと書かれていた。

こと魔宝石関連になると童心に返るオードリーを見て、面白い女性だとレックスは思う。

「確認しておきたいことがいくつかある」

「何なりとどうぞ」

「このことはまだ私以外に言っていないな？」

「もちろんです」

オードリーが力強くうなずいた。

「オードリー嬢の口が軽くなくて幸いだ。手順を間違えて時計商工会に目をつけられていたら、拉致されていたぞ」

「え……そんなにまずいことですか？」

「この魔宝石が実用化された場合、ゼンマイを扱う時計職人は軒並み廃業になるだろうな」

「……そういうことですか。言われてみれば、確かに」

「技術の進歩は古いものが消え、新しくなることだ。自然の摂理と同じ。我々が気にするものではない」

レックスは気にした様子もなく、オードリーが無事でよかったと考える。

「手順を間違えては実用化が危うい。だが、まずは使えるかどうかの検証をしよう」

「ぜひお願いいたします」

「発案者はオードリー嬢、開発者は私名義になるが問題ないな？」

「感電器《スタンガン》と同じ流れで大丈夫です。私は日の目を見ない魔宝石が人の役に立つ姿を見たいだけですから」

「いつかオードリー嬢が騙されないか不安になるな」

魔宝石中心の考えをしているオードリーには商売っ気というものがない。

魔道具師との交渉は商品開発前に行われるのが通例だ。

鑑定士にとって魔道具開発の利権は長く収入の見込める大切な収入源の一つであり、魔道具がヒット商品になった場合は一財産になる。そのため、交渉には余念がなくなるものだ。

オードリーのように、お気に召すままどうぞ、という鑑定士は変わり者である。

「モリィにも同じことを言われていますけれど、私は大丈夫です。私一人が暮らせる利益は出しております」

「そういうところをミランダ様も心配をしているのだが。まあいい」

レックスはオードリーが損をしないようにこちらで差配すればいいかと切り替え、特殊なカットをされた〝楔石《スフェーン》〟に手をかざした。

両手に装着していた黒い魔算手袋《エディトグラブ》に魔力を流す。

魔算手袋《エディトグラブ》は魔道具師にとってなくてはならない必須装備であり、魔宝石を魔道具に定着させる魔法陣の演算処理のための道具だ。

レックスが魔力を流すと、〝楔石《スフェーン》〟が発光した。

「問題なく魔力は流れるな」

レックスは次に、予備として買ったがほぼ使っていない懐中時計を持ってきて作業台の上に置き、ガラス蓋を開いた。

「文字盤に〝楔石《スフェーン》〟を定着させると針にぶつかってしまうな……。横にするか」

懐中時計を左手で持ち上げ、側面に〝楔石《スフェーン》〟が触れるように指で丁寧に押し当てる。魔算手袋《エディトグラブ》に魔力を流すと、緑色の光が線になって空中に現れた。

空いている右手で光に何度か触れると、指で魔文《テキスト》と呼ばれる言葉を書き込んでいく。自身の魔力を使って特定の現象を起こす、魔道具師の技だ。

ものの数十秒で簡易的な魔法陣が書き上がり、レックスが魔力を止めると、空中に浮かんだ魔法陣が〝楔石《スフェーン》〟と懐中時計の隙間に吸い込まれた。

「すごいですね……」

横で作業を見ていたオードリーが食い入るように見つめている。

レックスは説明してほしそうなオードリーの目を見て、懐中時計を彼女の前へ差し出した。

懐中時計と〝楔石《スフェーン》〟が見事に接着しており、逆さにしても落ちない。

「一時的に定着させた。これで〝楔石《スフェーン》〟から懐中時計に魔力が流れる」

「魔力の回路ができたというイメージでしょうか？」

「概ねそのとおりだ。魔道具師の専門学校で習う初歩だな」

「なるほど……」

鑑定士とはまったく別の知識が必要な作業に、オードリーは感心しきりだ。

「ここから、秒針に〝楔石《スフェーン》〟の効果を付与させる。複雑な魔文《テキスト》になるため時間がかかるぞ。予定があるなら後日完成したものを見せるが？」

「見ていきます。お邪魔でなければ」

即答するオードリーにレックスはうなずいた。

「──【演算《エディト》】」

レックスが懐中時計に両手をかざすと、作業台の上に三メートル四方の魔法陣が浮かんだ。

「わ……。失礼しました」

オードリーが驚いて声を上げ、すぐに口をつぐんだ。

「オードリー嬢。〝楔石《スフェーン》〟の効果は不変で間違いないな？」

「はい。間違いありません」

「これは相当時間がかかるな」

魔道具師は魔宝石の鑑定ができないわけではない。

演算《エディト》の魔法で出現させた魔法陣を読み解けば、魔宝石が持つ効果は解析可能だ。そこから魔宝石の種類を判別することはできる。

だが、この魔法は一度発現させれば持続時間は長いが、魔力燃費が悪く、日に何度も使えない。

魔宝石一つひとつで微妙に魔法陣の差異が出ることも魔道具師が鑑定をしない理由だ。

魔力を消費する。

時間がかかる。

日に鑑定できてせいぜい数個。

しかも魔法の効果しかわからないため、鑑定ミスをする可能性もある。

全体的に非効率。

このことから、鑑定士と魔道具師はタッグを組むのが常であった。

鑑定士が魔宝石を鑑定し、魔道具師が一般人でも使える魔道具へ効果を落とし込んでいく。そういった流れで世の中の魔道具はできあがっていく。

レックスは出現した魔法陣に複雑な数式を書き込み、微調整のため、何度も試運転をする。

魔法陣は出しっぱなしだ。

緑色に発光する魔法陣が、徐々に形を変え、数式が加わり、当初は円形だった魔法陣が楕円に形成されていく。

二時間ほどで作業が終わると、レックスが編集した魔法陣を懐中時計に定着させた。

「……不完全だが、動くは動くだろう」

「動いていますね」

黙って作業を見ていたオードリーが懐中時計へと顔を寄せる。

秒針がカチ、カチと確かな時を刻んでいた。

魔宝石の効果を物体に付与するにはこれだけの時間がかかる。レックスは優秀なので短く済んだほうだ。オードリーならば一瞬で効果を付与できたので、精霊魔法がいかに規格外かがわかる。

レックスはオードリーがどのように実験をしたのか疑問に思ったが、土竜を一撃で葬る魔法の使い手だ。父であるピーター・エヴァンスから授けられた口伝の魔法があるのかもしれないと考え、質問はしなかった。

「しばらく私が預かってもいいか？　経過を確認して、魔力の減り具合や魔法陣の不具合を確認したい。長期継続で動く確証がほしい」

「承知いたしました。ぜひお願いいたします」

「作業料金は商品化された際の権利でまかなう。そちらも承知してくれ」

「いいのですか？」

「ああ。歴史的な魔道具の開発に関われただけでも報酬になる」

レックスが無表情に言うと、オードリーが嬉しそうに笑った。

「新しい物を作ることがこんなにも心躍る気持ちになるとは思いませんでした」

「そうだな。人間は誰しも未知なる物に魅了される。祖母がまさに典型例だ」

「ミランダ様にもぜひご意見をお聞きしたいです」

「ああ、ちょうどその話もしようと思っていた。感電器《スタンガン》同様、ミランダ様に出資者になっていただいたほうが、波風が立たないだろう。おそらく、この懐中時計は王都を揺るがす事態になる」

「未だに信じられません。私としては、ひとまずレックスさんが便利になればという思いだったのですが……」

「そうなのか？」

「ええ。いつも使ってらっしゃる懐中時計に利用できればなと」

「……そうか。感謝する。だが、この懐中時計はこのままでいい。気持ちは頂戴した。この懐中時計は古いだけだが、少し思い入れがあってな……。すまない」

「差し出がましい提案でしたね。大切になされているとは思っておりましたけれど……レックスさんさえよければというつもりだったので、お気になさらないでください」

「ミランダ様はお喜びになるだろう」

「お世話になっているので、貢献できて嬉しいです」

「いくつか〝楔石《スフェーン》〟を預かってもいいか？　魔法陣の基本式はある程度理解できた。今度は懐中時計へ埋め込んだ試作品を作りたい。量産するための魔法陣の簡略化もやりたいな。名前はそうだな……安直だが、スフェーン式懐中時計などはどうだ？」

「スフェーン式懐中時計ですか。いいですね！　魔宝石が主役という感じが特に」

「では、スフェーン式懐中時計の試作品を作製しよう。その後の流れはミランダ様と相談ということで。正直、私にもこれが周囲に及ぼす影響の予想ができない」

「〝楔石《スフェーン》〟ちゃんをよろしくお願いいたします」

オードリーは新しいカットがされた〝楔石《スフェーン》〟を取り出し、我が子を預ける母親のように差し出した。

5

レックスはその後、一週間をかけてスフェーン式懐中時計の試作品を三つ製作した。

一番できの良いものをミランダへ見せると、王国で有名な魔道具蒐集《しゅうしゅう》家の大奥様は目の色を変えた。

「……ゼンマイ巻きなしで動くの？　一年間も？」

「オードリー嬢との共同開発です」

ミランダは艶やかなエメラルドグリーンのシルク生地で作られたセパレートタイプのドレスに身を包み、魔道具コレクションを陳列した部屋で、優雅に紅茶を飲んでいたところであった。

レックスから至急話があると聞いて彼を部屋に通してみれば、世迷い言のような魔道具の話をされた。

懐中時計は魔道具化できない。

魔道具に詳しいミランダの中では常識だ。

「小型で長期間物体に干渉できる魔宝石を見つけたのかしら？」

「いいえ。オードリー嬢が魔宝石の新しいカット方法を見つけました」

レックスはそう言って、〝楔石《スフェーン》〟が埋め込まれた懐中時計を差し出した。

ミランダが文字盤の3の下あたりに埋め込まれた五ミリ程度の魔宝石を見つめる。黄色と緑色が混ざり合い、光が入り乱れて輝いていた。若草のような潑剌《はつらつ》とした印象の魔宝石だ。形は細長いハート形をしている。

ミランダは目を向けると、レックスがうなずいた。

「〝楔石《スフェーン》〟です」

「不人気な魔宝石じゃなかった？」

「わずかながら不変の効果があることをオードリー嬢は知っており、注目したようです。不変の効果が長続きするように試行錯誤したとのことです」

「着眼点がオタクならではね」

巷の流行り言葉を使い、ミランダが神妙な様子で懐中時計を様々な角度から観察する。

彼女は懐中時計を見つめたまま口を開いた。

「あの子、世紀の発明をしたってわかっているの？」

「言葉では理解しているかと」

「……新しいカットの特許申請と、懐中時計の権利回りの整理が必要ね」

ミランダは懐中時計を右の手のひらに載せじっと見つめる。

「オードリー嬢は販売に前向きなのかしら？」

新しい魔宝石の利用法を発見した場合、それを秘匿する鑑定士も多い。

念の為の確認であった。

「元は私の懐中時計を見て、役に立てばいいと思って作ったそうですが、〝楔石《スフェーン》〟が日の目を見るのなら嬉しいと言っておりました」

「まあまあ。へえ。レックスの懐中時計を見て、ねえ？」

「古いから困っていると思ったのでしょう。頻繁に止まりますからね」

レックスがポケットから懐中時計を出してみせる。

「鑑定士は観察力が優れているわ。レックスが大切にしているものだと察したのでしょうね。オードリー嬢の優しさはしっかりと受け止めなさいよ」

ミランダは子どもを諭すように言う。

「それは、はい」

無表情にうなずくレックスを見て、ミランダは小さな悲しみが含まれた息を吐いた。

亡き母親からのプレゼントである懐中時計にレックスが何を思うのか、それは彼が笑わないことと直結しているのは理解していた。しかし、彼に面と向かって確認したことはない。

話を聞いたところで過去に起こった出来事は消えず、悲しみが緩和しないとわかっているからだ。

それでも、孫を心配するミランダの気持ちは小さなため息という形で出ていた。

ミランダは懐中時計をポケットにしまうレックスを見て、やや腰を浮かせてソファの座る位置を直した。

「試作品はあと何個あるの？」

「二つございます」

「悪いようにはしないわ。私に預けなさい」

懐中時計はレックスにとって亡き母との思い出の品だ。それが良い悪いにかかわらず。

あまり意識していると思われたくないため、ミランダはつとめて普段の調子で手を差し出した。

そんなミランダの優しさと強引さを感じて、レックスは、

「盗賊団のような物言いですね」

そう苦言を呈し、彼女にもう二つの懐中時計を渡した。

いずれも商店街で購入した安価な懐中時計を、スフェーン式懐中時計に魔道具化したものだ。

「一つは第二騎士団に。もう一つは魔道具師ギルドに渡して使い心地を試してもらいましょう」

ミランダは魔道具で一財産を築いてきた人物だ。

誰が何を欲しているか手に取るようにわかり、新開発された魔道具をどのように扱えば今後有利に展開できるかも熟知している。

今回のスフェーン式懐中時計は、莫大な利益と雇用を生む可能性があった。放っておくと権利に群がる貴族たちによって、オードリーの手柄が限りなく薄くなりそうであった。最悪、権力をちらつかせて開発者を黙らせる貴族もいるのだ。そういった手合いに巻き取られないためにも、先回りでオードリーが考案者であると知らしめる必要がある。

「手紙を書くわ。お使いを頼まれてくれる？」

「承知いたしました」

二十分ほどで書き上がった伯爵家の封蠟付きの手紙を二通受け取ると、レックスは先ほど渡したスフェーン式懐中時計を二つ受け取った。

部屋を出ようとしたところでとあることに気づき、ドアの前で振り返った。

「最初にお渡しした試作品はどうされますか？」

「もちろん私が使い心地を確かめるわ。当然でしょう」

「……愚問でした」

新しいもの好きの魔道具蒐集家であるミランダが、試作品を手放すはずがなかった。

自分の欲求に忠実なミランダがうらやましくも思える。

ミランダは試作品の懐中時計を様々な角度から観察し、メイドを呼んで既存の懐中時計や砂時計を持ってこさせ、時間の正確さを計測しはじめた。

「どうしたのレックス。世にも素晴らしい魔道具を作ったのだから、胸を張ってお行きなさい」

見る人を魅了する微笑みを浮かべ、ミランダが手を振る。

レックスは魔宝石に夢中になるオードリーと魔道具に傾倒するミランダが同類であり、これが流行り言葉で一括りに呼ぶ人種、オタクか、と妙に納得して退室した。

◯

ゼンマイ巻きなしで一年間動く。

そんな謳い文句の懐中時計を受け取った、第二騎士団団長、ホワイト・エルデンズ侯爵はしげしげと懐中時計を眺めた。

「ハリソン伯爵の大奥様が俺によこしてきた。例の孫をお使いにしてな」

ホワイト・エルデンズは齢五十。

白い髭、白手袋、額の横に剣撃を受けた大きな傷がある。額は秀でており、目は大きく、鼻は山脈のようにどっしりとしていた。赤子が見ると泣き出すと評判の、絵に描いたような軍人の顔つきをしている。

侯爵家の三男であったが家業は継がずに騎士団へ入団し、その勇猛さ、決断力、部下を思いやる正義感から、第二騎士団の団長を任されるにいたった叩き上げの軍人である。隣国との小競り合いでいくつもの武功を上げ、兄から家督を譲られたという変わり種の貴族でもあった。

「閣下がお使いになるのが最良との判断でしょう」

几帳面そうな細面の部下が、懐中時計を見つめている。やや禿げ上がった額が苦労人の様相を醸し出していた。

「今度の試作品は割とまともだな」

「時限式火炎魔道具よりはよほど安心できます」

「五分で設定したが、五秒で爆発したアレか」

「演習中の輜重車《しちょう》が木っ端微塵になって食料を現地調達するはめになったアレです」

ホワイト・エルデンズが傷の入った顔を歪ませて苦笑いをした。

試作品だから慎重に使ってレポートを提出してほしいと依頼されていたが、まさかの誤爆で大惨事になるところであった。

依頼主のミランダにクレームを入れると、魔法陣が不安定だったせいね、と魔道具のことばかり気にされたが、ホワイトなら管理不十分で惨事にはならないと安心していたわと言われ、多額の賠償金が支払われるとなれば、二の句は継げない。

また、第二騎士団は魔物や賊を討伐する治安維持の活動が多い。ミランダから有用な魔道具を優先して卸してもらっていることもあり、他の騎士団とは一線を画す攻撃力を有していた。魔道具に関する人脈は王国一の人物だ。魔道具師、魔道具商人、鑑定士、魔宝石商人、魔宝石彫刻師など、ミランダの持つ太いパイプを使いたいと願っている貴族は後を絶たない。

さらに、ホワイト・エルデンズの孫と、ミランダの孫が結婚しており縁戚関係にあることも、ミランダへの発言が小さくなる原因でもあった。

単純に言うと、ミランダの機嫌を損ねたくないというのが本音である。

「夫人は第二騎士団を実験場か何かと思っていないか？」

ホワイト・エルデンズが懐中時計の鎖をつまみ上げて、ぶらぶらと目の前で揺らしてみせる。

「閣下、やめましょう。試作品レポートの依頼料には助けられております。うちの団は金食い虫ですから」

「持ちつ持たれつか」

ホワイト・エルデンズは揺らしていた懐中時計を手のひらに載せた。

文字盤の3のあたりに黄色と緑色が混ざりあった魔法石が埋め込まれている。

「一年間動き続ける懐中時計か。大きく出たものだ。新しい魔宝石でも発見したのか？」

訝しげな目で懐中時計を見つめるホワイト・エルデンズ。

「そう簡単に見つかるものではありませんよ」

「ああ、そういえば、これの発案者はピーター・エヴァンスの娘らしい」

「ピーター・エヴァンス？」

部下の問いに、ホワイト・エルデンズはうなずいた。

「巨大落雷を呼ぶ魔宝石〝炎雷の祝福《トールブレス》〟を採掘したAランク鑑定士だ。先の流星戦役でヴァーミリアン公爵に〝炎雷の祝福《トールブレス》〟を貸与し、その功績を認められ準男爵位を得ている。かなりの腕前の鑑定士であったそうで、例の贋作師が広めようとしていた魔道具を止めたこともあるそうだ」

「英才教育を受けた娘ということですね」

「病気でピーター・エヴァンスは死んだはず。家督と屋号を継いだのだろう」

「念の為、うちの鑑定士に魔宝石を鑑定させましたが、〝楔石《スフェーン》〟という不人気な魔宝石だそうです。これで時計が動き続けるのか甚だ疑問、と言っておりました。ひとまず、爆発はしないので閣下がお使いください」

苦労人の部下が言った軽口に、ホワイト・エルデンズはにやりと笑った。盗賊団の男も剣を放り投げて逃げ出しそうな笑顔であった。

「夫人の依頼となれば断れん。これが本物である可能性もなくはないしな」

ホワイト・エルデンズは自身の懐中時計を外して執務室の貴重品箱にしまい、試作品のスフェーン式懐中時計を軍服の胸ポケットへと入れた。

◯

ホワイト・エルデンズは三日目の朝、懐中時計を見て戦慄していた。

三日経っても秒針が動いている。

すぐさま着替えて大広間のホールクロックの前に立つと、一秒の狂いもないことに、さらなる衝撃を受けた。

ゼンマイ式の懐中時計は一日に一回のネジ巻きが必要であり、癖のついた懐中時計であると巻き方で時間がずれる場合があった。古い懐中時計は一時間で一分ほどのずれが生じることもある。そのため、時間のずれが少ない据え置き型のホールクロックを利用しての時間合わせが毎日必要だった。

二十年ほど、毎朝従者にやらせていたが、それが必要なくなるのは不思議な感覚であった。

ホワイト・エルデンズは懐中時計をダイニングテーブルに置き、睨みつけながら朝食を摂り、本日から二日かけて行う魔物討伐の遠征へと向かった。

選抜された三百人の騎士を引き連れ、王都から半日をかけて王家が所有する山脈へと到着した。

ホワイト・エルデンズは到着した際も懐中時計を出して、時刻を確認する。

「閣下、準備が整いました」

「かがり火をたけ」

従者の一声に指示を出す。

夜九時、作戦開始。

一斉に火がつけられ、夜の森が昼のように明るくなった。

標的はこの時期になると繁殖をする巨大な蛾の魔物、アノモスフライである。

人を酩酊させる質の悪い鱗粉を撒いて人や家畜を襲うことから、毎年討伐が必要な魔物であった。

かがり火につられて、アノモスフライが鱗粉を散らしながら飛び回る。空気を吸い込む魔道具と、魔法使いの風魔法を併用しながら鱗粉を収集し、弓兵が羽を射て、身軽な革鎧を着た軽騎士が木から木へ飛び移ってとどめを刺していく。

「時間だ！　二つ目のかがり火を灯せ！」

ホワイト・エルデンズが懐中時計を見て九時二十分きっかりで声を上げる。

現在灯されていたかがり火が一斉に消え、別の場所にあらかじめ設置しておいた五ヶ所で、バラバラとかがり火の光が灯った。

「……」

ホワイト・エルデンズは懐中時計を親の仇のごとく睨みつける。

側近の従者は彼の機嫌が悪いのかと戦々恐々としていた。

アノモスフライの討伐の要は誘導にある。

火に近づく習性があるが警戒心が強く、こうして火の発生源を定期的に変えることで魔道具を設置した罠のある場所へと効率的に誘い込み、討伐力を高めていた。

作戦は夜明けまで行われた。

戦果は上々。

予定されていた個体数よりも討伐ができた。

「閣下。各隊、帰還いたします」

「十時まで休息！　その後、王都へ戻る！」

噛み付くように吠え、ホワイト・エルデンズが野営のため設置された天幕に戻った。

すると、細面の苦労人らしき部下が待っており、真剣な表情で口を開いた。

「閣下。時間はいかがですか？」

「一秒もずれておらん」

「……本当に一年間動くのでしょうか」

部下の言葉を聞かず、ホワイト・エルデンズは目を炯々《けいけい》と光らせた。

「何としても全部隊に配備する。ミランダ夫人に早馬を出せ。レポートもだ。金に糸目はつけないと言え」

「承知」

苦労人の部下は即座に従者を呼びつけ、供を連れて早馬で野営地を去っていった。

天幕に一人残されたホワイト・エルデンズは苦虫を嚙み潰したような顔つきになって、懐中時計をポケットから出した。

「全部隊が所持していれば戦術が変わる」

一秒のずれもない懐中時計があれば、綿密な作戦に流用できる。

時間で行動を管理できるからだ。

今までの懐中時計ではできなかった、一秒単位の誤差がないことを前提に話を進められる。

今回のアノモスフライ討伐にしても、スフェーン式懐中時計を全部隊が持っていれば、数秒のずれもなくかがり火が灯っていたはずだ。

「ほしい。何としてもほしいぞ」

ホワイト・エルデンズは口角を上げて、獲物を見つけた捕食者のように笑った。

食事を持って天幕に入ってきた新人の従者があまりの強面に息を呑んだが、幸いにも上司には気づかれなかった。

「発案者のオードリー・エヴァンスにも会わねばならん。王女殿下にも口添えが必要だ。あの方に懐中時計を秘匿していたと知られたら、一生お小言を言われ続ける。ともかく、数の確保だ。試作品でもかまわん。十……いや、二十はほしい」

オードリーの知らぬところで、スフェーン式懐中時計の存在が広まりつつあった。

6

スフェーン式懐中時計は一大事業になる。

レックスさんはそう言っていたけれど、いまいち実感がわかない。

魔道具として利用できる調整をするには時間がかかるし、量産のためには魔法陣を簡略化する必要がある。〝楔石《スフェーン》〟が日の目を見るのはもう少し先になるだろう。

昨夜、ミランダ様から手紙が届いて、〝楔石《スフェーン》〟の新しいカット方法の特許申請と、懐中時計の商品申請をしたとの連絡が入った。

権利回りに関してはミランダ様は動きが早い。

感電器《スタンガン》の際も内務大臣の伝手を使って申請を次々に通してくださった。

腰を据えて今度話をしようとのお誘いもあった。

『うんうん。慣れてきたね』

クリスタが褒めるように宙に浮かんでくるくると回る。

例の難しい言霊《ワード》である【我の《オーワアル》】【指示に従え《エアシュタイジュレ》】【想像のまま《アマオヌーゾ》】【切れろ《オルリィ》】を組み合わせた精霊魔法も、かなり上達してきた。

高価な魔宝石に使うにはリスクが高いが、新しいカットを試すには有用な精霊魔法だ。

クリスタの希望で、水晶《クオーツ》を精霊の形にカットしている。

魔力のない透明な水晶《クオーツ》は一般的な鉱石でそこまでの価値はなく、カット次第では美術品として大きな付加価値がつく。何より水晶《クオーツ》は始まりの魔宝石とも呼ばれており、昔から人気の鉱石だ。

『ぼくはもうちょっとカッコいいよ。目はキリッとしているね』

可愛いクリスタを表現するためにそのままの造形をトレースしてカットしたら、ご本人から不満の声が上がった。

クリスタが、透明な精霊像を指でつついている。

私はもう一度魔法を唱えて、丸い目を気持ち切れ長にした。

『うん。これでこそぼくだよ。ほら、カッコいい聖騎士サマだもの』

精霊にもこだわりがあるらしい。

あと、私の好きな小説、『ご令嬢のお気に召すまま』を読んだらしく、クリスタも漏れなくファンになっていた。小説仲間ができたのは嬉しい。

仕事の空き時間にクリスタとそんなことをしてのんびり過ごしていると、呼び鈴が鳴った。

来客の予定は特にないはずだ。

出ると、速達専門の郵便配達員で、差出人はミランダ様だった。

内容を見て、手紙を取り落としそうになった。

何でも、本日中に第二騎士団団長、時計商工会会長、魔道具師ギルドのサブマスターが家に来る確率が高いとのことで、来訪されたら鑑定士ギルドへ誘導せよ、私を呼べ、各々の主張を聞いてある程度の話もつけておけ、というものだった。

急いで身支度を整える。

『本当に来るかな？』

『誰か来るの？』

『偉い人たちが私に会いに来るみたい』

手紙を受け取ってから約一時間後、呼び鈴が鳴った。

玄関を開けると、門の向こうに大きな馬車が三台見えた。

明らかに身分の高い人が乗っている高級馬車だ。どうやら本当に来てしまったらしい。

『男たちがいるよ！　変な空気は感じないから大丈夫だと思う～』

特許や魔道具の権利回りについてはまだまだ勉強不足だ。不安しかない。気が気ではない私をよそに、クリスタが無邪気に門の向こうへ飛んでいき、来客を見下ろす。

門の前には騎士服を着た白髪で初老の男性が立っており、私を見ると胸に手を当てた。

その横には丸メガネをかけたダブルスーツの男性。

さらにその横には魔道具師らしき背の高い男性。

二人が騎士に続いて一礼する。

門を開けて、こちらも丁寧にカーテシーを返した。

騎士の男性は叩き上げの軍人という相貌で、白髪、白手袋、顔に大きな傷があった。

ダブルスーツの男性はシルクハットに丸メガネ姿で、やや不機嫌そうな顔つき、垂れたまぶたの奥底が笑っていない。言い方は悪いかもしれないけれど、不機嫌で高貴なたぬき、という風体だ。

魔道具師の方は教師のような余裕のある笑みをたたえていた。

「第二騎士団団長、ホワイト・エルデンズだ。突然の来訪失礼する」

まず口を開いたのは顔に傷のある強面の御仁であった。

どういう経緯で第二騎士団の団長様が私の家に来たのか知りたい。

エルデンズ団長の部下なのか、右後ろに直立不動で立っていた男性が一歩前へ出て私に丁寧に礼を取った。

「同じく第二騎士団所属、ティムト・クルニクルス大尉でございます。オードリー・エヴァンス様でお間違いないでしょうか？　新しいカット方法を発見された魔宝石と、懐中時計についてお話をさせていただきたく参上いたしました」

「時計商工会・会長のアールズ・ヴェンデルネです。こちらも懐中時計について至急話がしたい」

「魔道具師ギルド、サブマスターのアンソニーと申します。同じく、同胞レックス・ハリソンとオードリー嬢が共同開発した懐中時計についてお話がしたい」

手紙の通り、懐中時計の話だった。

「……承知いたしました。ひとまず、鑑定士ギルドへご移動願えますでしょうか？　私もすぐに向かいます」

忠告に従い、鑑定士ギルドで話すことにした。

ギルドなら誰かに仲介を頼んでもいいし、揉め事になっても仲裁してくれる。

お三方は私の提案にうなずいて、馬車に乗って移動していった。

『オードリー、急に人気者？』

クリスタが呑気な調子で聞いてくる。

『私じゃなくて、〝楔石《スフェーン》〟が人気みたい』

『ふうん』

『すぐに移動するよ。鑑定士ギルドに行こう』

『ぼく、眠いからポケットで寝てるね』

クリスタは私の返事を待たずにスカートのポケットへ入ってしまった。

◯

鑑定士ギルドに到着すると、すでにお三方の馬車が停留されていた。

急いでギルドに入ると、私を見つけた受付嬢のジェシカさんが笑顔を絶やさず、素早い動きで受付カウンターから出てきた。

「オードリーさん、何かあったのですか？　第二騎士団の団長、時計商工会の会長、魔道具師ギルドのサブマスターがいらっしゃっていますよ。談話室ではまずいと思ったので、特別会議室へお通ししています」

受付嬢のジェシカさんが小声で教えてくれた。

ジェシカさんは私が鑑定士試験を受けたときの担当者で、試験以来ずっと仲良くしてくれている、まつ毛が長くて黒曜石のような瞳を持つ、美人受付嬢さんだ。私と同じ二十一歳なので、何かと話が合う。最近ではモリィを含めた三人でお茶をしたりディナーに行ったりもしている仲だ。私の身を案じてくれているのか、眉根が額の中央に寄っている。

「ありがとうございます。おそらく新しく開発したカットと懐中時計の件だと思うのですが、私も事態が飲み込めていないんです。よければ立会人としてご一緒いただいてもよろしいでしょうか？　万が一の場合は仲裁に入っていただけると幸いです。あとはミランダ・ハリソン様と、魔道具師レックス・ハリソン様に至急連絡いただいてもよろしいでしょうか？」

「件の懐中時計ですね！　ギルド内部でも噂でもちきりですよ！」

「そうなのですか？　特許申請をしたばかりですが……」

「ギルド長からオードリーさんの補助を依頼されておりますので、すぐに手配します」

「助かります」

ジェシカさんが受付カウンターへ戻り、別の受付嬢にミランダ様とレックスさんへの連絡をお願いすると、バインダーを手にして二階へと私を誘導する。

その後に続いて、鑑定士ギルドのカウンター脇にある階段を上がり、貴族対応用らしき重厚な扉の会議室へと入った。

「大変お待たせいたしました」

入室すると、お三方から一斉に視線が向けられる。

どうやら三人とも知り合いというわけではなく、雑談をしていた雰囲気は皆無であった。

微妙に重い空気が漂う中、入り口付近の下座に着席をして、三人と対峙した。

ジェシカさんは扉を静かに閉めて、入り口付近に立ってくれる。

私の正面が第二騎士団団長、アールズ・ホワイト・エルデンズ様。

右が時計商工会会長、サブマスターのアンソニー・ヴェンデルネ様。

左が魔道具師ギルド、サブマスターのアンソニー様だ。

まず最初に口火を切ったのは時計商工会会長のヴェンデルネ様だった。

「オードリー・エヴァンス嬢。これを作ったのはあなたですか？」

気難しそうな表情を崩さないままに、ヴェンデルネ会長がせわしなく丸メガネを指で押し上げていた。

懐中時計を胸ポケットから出した。

テーブルに置かれた懐中時計を見ると、文字盤に新型カットが施された〝楔石《スフェーン》〟が埋め込まれていた。

「〝楔石《スフェーン》〟の新しいカットを開発したのは私でございます。懐中時計専用のカットを思っていただければ幸いです」

お三方から、どよめきのような声が漏れた。

「聞けば、ゼンマイ巻きなしで一年間は稼働するとか？　本当ですか？」

「計算上は……そのとおりです。ですが実用化は魔道具師のレックス・ハリソン様にお預けしておりまして、その後どうなったのかはまだ詳しく確認しておりません」

レックスさんのアトリエにお邪魔したのがちょうど一週間前だ。

「今朝、蒐集家《しゅうしゅうか》のミランダ・ハリソン大奥様の使いの者が自宅にいらっしゃいまして、新型懐中時計のレポートと簡単な仕様書を渡されたのです。見ればゼンマイ巻きなしで動く懐中時計とのことで、肝を冷やしました。どういった原理で動くのか、魔宝石の種類、魔法陣の形状、大量生産の可能性、現在の特許や契約状況、商工会をなぜ通さなかったのか……質問に答えていただきたい」

ヴェンデルネ様は気難しい顔つきであったけれど、途中からは言葉に熱が入り、机から乗り出さんばかりに顔を突き出した。

下手をしたら拉致されるかも、というレックスさんの声を思い出して私のほうが肝が冷える思いだ。時計商工会が新型を開発できなかったという事実は、相手の立場になると確かにまずいかもしれない。

ヴェンデルネ様を抑えるような口調で、魔道具師ギルドのアンソニー様が手を叩いた。

誇らしいものを知人に紹介するような、力強い拍手だ。

「その若さで長期稼働の懐中時計を開発するとは誠に素晴らしい。ミランダ夫人から試作品をいただき、使い心地を試したのですが一秒も時刻がずれない優れた魔道具でございますな。魔道具師は時間が命の職業ですから、これは魔道具師全員が欲する商品になるでしょう」

魔道具師ギルドのサブマスター、アンソニー様は語る。

正確な時刻を刻む懐中時計は喉から手が出るほどほしい。

何日も徹夜で作業することがざらである魔道具師にとってゼンマイ巻きなしの懐中時計は有用性が高く、一定の時間を待ってから効果が発揮される魔宝石も多いため、秒数の管理は必須だ。魔宝石だけでなく、薬品の調合にも秒数管理は必要で、砂時計よりも遥かに正確であるため、魔道具の品質が向上するのは明白である、との説明を十分ほど熱弁なされた。

「ああ、もちろん利権うんぬんには口出ししないのでご安心ください。開発者であるレックス・ハリソンの取り分になりますからね。ですが、生産される場合は魔道具師ギルドへ優先的に卸していただきたいのです」

背の高い魔道具師ギルドのサブマスター、アンソニー様が焦げ茶色の瞳を大きくさせた。

姿勢が良く、話し方がやわらかいので、魔道具師というよりも、どこか教師のような雰囲気をしているお人だ。

「魔道具は人々の生活に直結します。魔道具師の活躍は、国民の豊かさにつながることをお忘れなくお願いいたします」

アンソニー様がそこまで言うと、黙って聞いていた時計商工会のヴェンデルネ会長が丸メガネを押し上げて、口をへの字にした。

「商工会には試作品が届いていませんが？」

睨まれてしまい、喉の奥が詰まった。

試作品の扱いはレックスさんにおまかせしていたのでわかりかねる。

「時計商工会に送ったらただちに分解、解析され、抗議されるからでしょう？」

アンソニー様が真っ黒な魔算手袋《エディトグラブ》を組んで、代わりに答えた。

「新型の懐中時計だ。時計商工会を無視するなど筋が通らんよ」

「時計商工会が独占しているのはゼンマイ式だけでしょう？　スフェーン式は契約に含まれていない。違いますか？」

「……それでも、時計を扱う我々商工会が関与していないのは甚だ遺憾だ」

「国民が喜び、誰もが便利になる。そんな魔道具を握り潰されては面白くない。出資者のミランダ夫人はそう思われたのでは？　利権で食っているあなた方の悪癖を懸念されたのでしょう」

「私は職人たちの生活を守る義務がある。ゼンマイが不要な懐中時計など……公表まで一年、いや、二年ほど時間をいただきたい」

魔道具師と各商工会は権利回りで対立することが多い。

アンソニー様とヴェンデルネ会長は視線で斬り合いをしている。

お二人のご希望は理解できた。

あとは、ホワイト・エルデンズ団長だけだ。

お三方のご希望をお伺いして、発案者として取りまとめないといけない。少なくとも、ミランダ様が来られるまでに、話がこじれないように引き延ばさなければ。

すると、ずっと黙っておられた第二騎士団のホワイト・エルデンズ団長が組んでいた腕をゆっくりとテーブルに置き、鼻から息を吐いた。

その迫力は二人を黙らせるに至った。

「まずは、新しいカットを発見し、魔道具を発案したオードリー嬢の知識と発想力に畏敬の念を表明したい」

「ありがとうございます、閣下」

「第二騎士団からは一つだけだ。早急にスフェーン式懐中時計を配備したい。次の試作品はいつできる？」

　駆け引き無用と言わんばかりの発言に、アンソニー様とヴェンデルネ会長が鋭い視線になった。

　第二騎士団、魔道具師ギルドはスフェーン式懐中時計がほしい。

　時計商工会はスフェーン式懐中時計の販売を止めたい。

　わかりやすい構図だ。

　個人的には〝楔石《スフェーン》〟ちゃんの晴れ舞台を早めに作ってあげたい。時計商工会には申し訳ないけれど、新型の発表を二年は待ってほしいというのは、いささか時間を取りすぎだ。

「試作品は？」

　再度、ホワイト・エルデンズ様が尋ねてくる。

「失礼いたしました。どのように返答すればいいか考えておりました。試作品に関しては……未定でございます。開発はレックス・ハリソン様、販売については出資者のミランダ・ハリソン様におまかせしております」

「そうか。こちらとしては一刻も早く量産していただきたい。発案者にその意志はおありか？」

　射抜くような視線を向けられるが、父が真剣な質問をしているときの目と似ていた。

私はうなずくと、まっすぐ目をそらさずに言った。

「あります。人の役に立つことが鑑定士としての本懐でございます」

「ほう……いい目をする鑑定士だ」

エルデンズ団長が片眉を上げる。

団長は顔に傷があり、表情から出ている威圧感は気を抜くと冷や汗が出そうなほどだ。

お三方が再び自分たちの主張を始める。

特に声高な主張をしているのは、やはり時計商工会のヴェンデルネ会長だ。

スフェーン式によってどれほどの時計職人が割を食うのか、段階的に確かめる必要がある。それがわからない限りは認められない。そういう主張だ。

言っていることは至極正論だ。

しかし、新しいものを排除したいという、臆病な気持ちが見え隠れしているのが見えた。

「オードリー嬢は発案者として、職人の職が失われることについてどう思われる？」

何度か言質を取るような言葉を向けられ、背筋が伸びた。

「古来から栄枯盛衰と申しますが……、そういったこともいつかは起こり得るかと存じます」

場を取りまとめるなど不可能だ。私には経験がなさすぎる。時計商工会は利益の取り分について心配をしているのだろうが、こちらから口に出すと揚げ足を取られそうだ。

失言をしないようどうにか場を切り抜けるのが精一杯。

『ご令嬢のお気に召すまま』で、大商会の会長とご令嬢が弁舌を繰り広げるシーンがあるのだけれど、大商会会長ののらりくらりしたセリフがまさかこんなところで活きるとは思わなかった。

私がどうにか急場を凌いで二十分ほどすると、会議室の扉が開いた。

鑑定士ギルドの受付嬢に誘導されて、ミランダ様とレックスさんがようやく来てくれた。

「あらあら、皆様お集まりのようですね」

お茶会に参加するかのような、爽やかな笑顔でミランダ様が微笑みを浮かべた。

なめらかで上質な生地で作られたエメラルドグリーンのドレスを着ており、首元には大粒のダイヤモンドのネックレスが輝いている。

レックスさんは平常運転の無表情でミランダ様に付き従っていた。

「ミランダ様。お待ちしておりました」

ようやく助け舟が出された。そんな気分だった。

7

「オードリー嬢、ごきげんよう。お話は順調かしら？」

ミランダ様が優雅に私の右隣の席に腰掛けた。

レックスさんはあくまで従者役に徹するつもりか、ミランダ様の斜め後ろに控えた。

「私には荷が重い商談でございます。皆様のご希望に沿った提案もできませんでした」

「せっかちな方々のせいでお昼の紅茶を一杯無駄にしてしまったわね」

お小言を言いつつ、ミランダ様はホワイト・エルデンズ団長、ヴェンデルネ会長、アンソニー様を一人ずつ見つめた。

対する三人は、何を言っているんだ、という顔をしている。

「ホワイト、久しぶりね。時計商工会に私が連絡をしたから、来てくださったのかしら？」

ミランダ様が尋ねると、ホワイト・エルデンズ団長は苦笑いを浮かべた。

「よく言う。我々三人を集めたくて連絡したのだろう？」

「偶然でしょう」

「相変わらず裏から手を回すのが好きな夫人だ」

団長が肩をすくめる。

「アンソニーも、久しぶりね」

「私もエルデンズ閣下と同じ気持ちです。素直に鑑定士ギルドへ招待してくだされば喜んで参りましたものを」

何となく話が見えてきた。時計商工会に連絡をしたという旨を団長とサブマスターにし、私の家に誘導したんだ。

騎士団と魔道具師ギルドとしては、スフェーン式懐中時計がほしい。

時計商工会が私と会って揉め事になってしまったら手に入るのは先になってしまう。必然的に時計商工会よりも早く私と会おうとするわけだ。

一本の連絡で第二騎士団団長と、魔道具師ギルドを動かしたミランダ様の手腕に脱帽する思いだ。

「正式に連絡していたら時間がかかるでしょう？　偶然にもお三方が集まるなんて素晴らしいじゃない」

ミランダ様は悪巧みが成功したと言いたげな、素敵な笑みを浮かべている。

「いい経験になったでしょ？」

扇子を開いて口元を隠し、ミランダ様が耳打ちした。

「あとで要点をまとめて教えてあげるわ。商談は今後あなたに必要なスキルよ」

なるほど……私の経験値を上げてくださるおつもりだったのか。

確かにしようと思ってもできない経験ができた。大物三名が自宅に来るなどなかなか起こらない事態だ。心臓にはかなり悪いけれど。

憮然と腕を組んだホワイト・エルデンズ団長が早く話を進めたいと言いたげに、前のめりになった。

「スフェーン式懐中時計は第二騎士団へ優先して卸していただきたい。相応の金額を準備している。採掘などに人員が必要な場合は便宜を図ろう」

団長は目が笑っていない。絶対に言質を取らねば帰らない。そんな強固な意志を感じる。

待ったをかけたのは、やはり時計商工会のヴェンデルネ会長であった。

「職人や商人に混乱が生じるため初期段階からの量産はやめていただきたいと存じます。こちらで新型について十分に会議を重ね、騎士団への配備をお願い申し上げます」

ヴェンデルネ会長の主張を聞いて、ミランダ様がレックスさんに合図を送った。

レックスさんが開発者として発言する。

彼は冷静な口調で、既存の懐中時計にある仕組みはある程度必要であること、秒針が正確に一秒を刻まなければ、魔宝石が効果を発揮しないことを伝えた。

〝楔石《スフェーン》〟の効果は不変だ。

秒針の動きを不変化する必要がある。

そのためには秒針の動き出しが正確に一秒動かないと、永遠に時間がずれてしまう。

どのみち、時計職人は必要になるのだ。

レックスさんの説明を聞いたヴェンデルネ会長は、それでも、量産開始を反対した。

遠くない未来にゼンマイが不要になることは明白であり、現在多く抱えている職人が大混乱に陥ると言う。

そこまで話が進み、ミランダ様が突如、私に話を振ってきた。

「オードリー嬢はどう思うの？」

「私ですか？」

「ええ。発案者としての意見を聞きたいわ」

「……段階的に販売することが望ましいかと思います。〝楔石《スフェーン》〟の確保も必要ですし、いきなりの量産は難しいのではないでしょうか？　新しいカットを施す彫刻師も確保しなければなりません」

「私も同意見よ。ただし、すでに第二騎士団、魔道具師ギルド、そして鑑定士ギルドからもスフェーン式懐中時計がほしいとの打診があるのよ。最低でも数ヶ月以内に千個はほしいわ。となると、需要と供給が追いつかない。それならば、急いで生産ラインを構築し、時計商工会でも権利回りの整理と、職人による研究が必要だと思うわ。古い物を捨てて、新しい物へ挑戦する。そんな意気込みが必要よ」

ミランダ様が少女のように目を輝かせてヴェンデルネ会長を見つめる。

新しい魔道具が世に出回ることがお好きなのだと、誰の目から見てもわかる熱意だ。

「ですが、職人たちはゼンマイ式時計に誇りを持っております。時間を……時間をください」

ヴェンデルネ会長は深刻な顔つきでうつむいた。

そうか。新しいものができたから、すぐにやりましょう、とはならないんだね。

ミランダ様はこうなることを見越して、第二騎士団と魔道具師ギルドを巻き込んだのか。

特許申請をすれば鑑定士ギルドも食いついてくる。

これだけの勢力が新型を欲してしまえば、商工会としても動かざるを得ない、という算段だ。

ヴェンデルネ会長をちらりと見たホワイト・エルデンズ団長が重々しくうなずいた。

「時計商工会の主張は理解している。だが、騎士団にスフェーン式懐中時計は必要な魔道具だ。ローズアリア王女殿下にも伝達済みである。くれぐれも流通において既存の懐中時計と同じ割合の使用認可料など要求しないでくれたまえ。十五パーセントは暴利だ」

団長がにこりとも笑わずに言った。

ヴェンデルネ会長はかけているメガネがずり落ちそうなほどに、目を見開いた。

ローズアリア王女殿下はラピス王国の第三王女で、王族の中では特異な人物だ。自身がプロデュースした薔薇のチョコレートが空前の大ヒット商品となり、莫大な資産を持っている。慈善事業家で、結婚したがらず、国民が便利に生活する姿が好きという、世にも奇妙な王女であった。

そういえば、大の時計好きであると、モリィが話していた気がする。

商工会の有する既得権益についてもあまりよく思ってらっしゃらない、とも言っていた。

「賢女、ローズアリア王女殿下にも……すでに伝達済み？　それは……もう……そうですか」

ヴェンデルネ会長は萎れた野菜のように意気消沈して、深々と椅子にもたれかかった。

「……承知いたしました。商工会は私でどうにか説得いたします。その代わり、懐中時計の使用認可料として売り上げの十パーセントは納金いただきたい」

会長の言葉を受けて、ミランダ様が口を開いた。

「しばらくは第二騎士団、魔道具師ギルド、鑑定士ギルドへの専売としましょう。様子を見ながら調整していけば、そこまで波風も立たないはずよ。新型の登場によって、時計職人には良い風が吹くのではないかしら？　特に新進気鋭の職人たちには朗報でしょう。ほら、古い物って、進化が遅くなっていくもの。商工会にも良い循環が起きるでしょうね。ああ、一割は駄目よ、多すぎるわ。だって今回の開発に時計商工会は何も関与していないのですから。譲歩して二パーセントね」

「二パーセント……それはあまりにも少ない。スフェーン式は、今ある懐中時計の新型なのですから、我々にも当然権利がある」

「開発に失敗してきて十パーセントは強欲すぎでしょう？　ローズアリア王女が黙っておられないわよ。譲歩の譲歩で、三パーセントね」

しばし、使用料という名目の権利の応酬があり、ミランダ様が最終提示した四パーセントで決着した。現在の懐中時計は売れると十五パーセントが商工会に入る仕組みになっており、ミランダ様は快く思っておられなかったようだ。

ヴェンデルネ会長が力なくうなずいた。

会長も部下や職人との折衷が非常に大変なのだとわかる表情だった。

ミランダ様がホワイト・エルデンズ団長をちらりと見ると、団長が「俺が王女殿下に報告するとわかっていたな？」という、呆れ半分、称賛半分の顔つきで小さくうなずいた。

「安心なさい。時計商工会は今以上の好景気になるから」

ほくほく顔のミランダ様が扇子をふわりとあおいで、笑顔を向ける。

ヴェンデルネ会長は負け戦の様相で、苦笑いしか出ていなかった。

「オードリー嬢、よかったわね。これであなたの事務所にも当分の間、お金が入ってくるわよ。事務所の拡張に使うのがいいでしょうね」

聞けば、私には『スフェーン式懐中時計販売料の十パーセント』『特許取得した新カット方法の使用料』が定期的に入る。

いわゆる、発案者の特権というやつだ。

新しい懐中時計が売れれば売れるほど、お金が振り込まれる。

なんだか、段々と大それたことをしてしまったのではないかと、背筋が冷たくなってきた。

ミランダ様のおかげもあり、商談がまとまった。

場の空気もいくぶんか柔らかくなり、ホワイト・エルデンズ団長、アンソニー様は朗らかな様子でスフェーン式懐中時計の素晴らしさを話し合っている。ヴェンデルネ会長は終始眉間に皺が寄っているけれど、思考を切り替えたのか、レックスさんに作成した魔法陣についてしきりに質問をしていた。

スフェーン式懐中時計の販売額は一律十万ルギィとした。

装飾が施された貴族向けの高級品も順次作るけれど、こちらは個別で値段をつける。

値段は第二騎士団、魔道具師ギルド、鑑定士ギルドに一定数配備した後、変動させるとのこと。

販売時の権利については、時計商工会が四パーセント。私が十パーセント。レックスさんも十パーセント。後見人のミランダ様が五パーセント。鑑定士ギルドが特許の取り扱いや問題が起きた際の取りまとめ役として一パーセント。残りの七十パーセントは材料費、生産費込みで商人や職人たちに分配される。

つまり、千個売れたら一億ルギィの売り上げになり、私の取り分は一千万ルギィとなる。
カーパシー魔宝石商の月収十万ルギィの百倍だ。これが何もしないでも手元に入る。
利権とは恐ろしいものだ。

私は、レックスさんが今の懐中時計に不便を感じていたから、スフェーン式懐中時計を思いつい
た。お金のために新カット方法を開発したわけではない。

清廉潔白とまではいかないけれど、あまりお金がありすぎるのも漠然とよくない気がしてきてし
まう。父さんも多くの物は求めない人だった。

「……申し訳ありませんが、私の取り分は五パーセントで結構でございます。私は思いつきで新し
いカットを考案しただけでございますので」

思っていたら口に出してしまった。

談笑が止まり、会議室が静かになる。

数秒の間があって、ミランダ様がやれやれと言いたげに首を振った。

「オードリー嬢は自分がどれだけ素晴らしいことをしたのか自覚なさい。報酬は貢献度でもあるの
よ。どれだけ人の役に立つ物を作れたかの指標になるのだから」

「私はそこまで利益は必要ではなく……ただ、鑑定士として人の役に立てればという思いなのです

が」

「それでいいのよ。ピーターもそういった純粋な気持ちで新しい魔宝石を探していたわ。でもね、ここで発案者の取り分が少ないと何が起きるかわかる？　私たちがあなたを丸め込んだと思われかねないのよ」

そうか……。そういった考えもあるのか。

一番の功労者である人物の報酬が少ない場合、傍から見ると不当な扱いをされているように見えてしまう。一度前例を作ってしまうと、次の功労者が食い物にされてしまう可能性もあった。前回は安く済んだので、今回もこの報酬です、といった具合だ。

「承知いたしました。発言は撤回いたします」

ミランダ様が目を細め、楽しそうに扇をあおいで、何か思いついたようにこちらへ顔を向けた。

「スフェーン式懐中時計を生産販売するべく、数百人の人たちを巻き込む事業になるでしょうね。時計職人、魔宝石彫刻師、魔道具師、商人など、その巻き込まれる人たちの数はさらに膨れ上がるわよ。楽しいわね」

「あ、はい。楽しいですね」

楽しいよりも恐いです……。

第二騎士団、時計商工会、魔道具師ギルド、鑑定士ギルド、王族の方まで、私の思いつきで開発した懐中時計を中心に動いている。

もはやうなずくしかない状況だ。

ミランダ様は私の困った顔を見て愉しんでおられるようだ。

「オードリー嬢はこういう女性だから、見守ってくださると嬉しいわ」

ミランダ様がホワイト・エルデンズ団長、アンソニー様、ヴェンデルネ会長を一人一人見つめる。

駄目な子扱いされているように聞こえてしまい、かなり面映《おもはゆ》い。

ホワイト・エルデンズ団長が立ち上がり、私に手を差し伸べてきた。筋骨隆々な軍服姿なので、壁が目の前に現れたような威圧感だ。

「オードリー嬢。スフェーン式懐中時計は誠に素晴らしいものだ。レディに対して失礼かもしれんが、一つ、握手していただきたい」

何かと思えば握手だった。

「私でよければ、喜んで」

純白の手袋に包まれた大きな手を握る。

温かさと力強さを感じ、この方が王国を守ってくださっているのかと思うと、胸に羨望のような感情が起こった。

こちらを気づかった優しい握手が終わると、ホワイト・エルデンズ団長が口角を上げた。顔の大きな傷もぐいと持ち上がる。

「私はな、無から有を作る人材を尊敬している。自分にはない能力だ。不人気な魔宝石をカット一つで有用なものへ作り変えてしまったオードリー嬢は、いつか歴史書に載る人物になるであろう」

「ありがとうございます。単なる思いつきだったのですが……」

「はっはっは！　では、今後もその思いつきを存分に実行するといい。この場にいる誰もオードリー嬢を止めぬだろう」

ホワイト・エルデンズ団長は私と握手した手を何度か開閉した。

「オードリー嬢と握手したことを妻に自慢してもいいか？」

「え？　そんなそんな！　私ごときの握手を自慢なさらないでください！　奥様がお困りになられるかと思います！」

「いいや、私は自慢するぞ」

「ええっ、そんな……ご勘弁を……！」

ホワイト・エルデンズ団長が拳を握ると、会議室に笑いが起きた。

からかい半分とはいえ、団長は本気で自慢しそうで怖い。

次に、魔道具師ギルドサブマスターのアンソニー様が口角を上げて私に握手を求めてきた。

「私もいいか？」

「それは、はい……」

黒い魔算手袋《エディトグラブ》越しに、握手される。

ホワイト・エルデンズ団長と違い、ひんやりした手だった。なめし革のような手袋の手触りがした。レックスさんと同じ手袋だ。

「新しいカット方法を作るというのは盲点であった。鑑定士ならではの発想であろうな」

「そうでしょうか？」

「ああ。オードリー嬢と相棒になっている同胞レックスが羨ましいね」

「まだまだでございます。いつもレックスさんには助けられております」

「新しいカットに名前はつけていないのか？」

「……までございます。あの……」

「何か？」

まだ握手した手を離してくれないので困惑してしまう。

横から腕が伸びてきて、アンソニー様の手首に手刀が落ちた。

ぱっと手が離れる。

「アンソニー様、オードリー嬢が困っております。お戯れはそれくらいに」

レックスさんが無表情に視線を向け、手刀をした腕を戻した。

「美人の鑑定士が相棒か。羨ましいぞレックス」

アンソニー様が腕をさすりながら、レックスさんにいたずらっぽい目を向けた。教師のような雰囲気の方だと思ったけれど、レックスさんと話しているとだいぶ違った印象を受ける。

「またそのようなことを」

呆れ口調でレックスさんが言った。

「私もいいか？」

アンソニー様を押しのけて、ヴェンデルネ会長が憮然とした顔つきで手を伸ばした。

強引にどかされたアンソニー様は肩をすくめている。

「我が商工会としては納得のいかぬ内容である。だが、オードリー嬢の思いつきは称賛しよう。二十年止まっていた懐中時計の進化を促したのだからな。……感謝する」

「こちらこそ、認めてくださりありがとうございます」

「認めさせられたんだがな」

会長はミランダ様をちらりと見る。不機嫌で高貴なたぬきという印象は変わらないが、会長にもプライドがあるのだろう。それでも私と握手してくださることに胸が熱くなった。

手を握ると、思ったより強く握られた。

それも一瞬で、会長はすぐに手を離し、用は済んだと会議室の扉へと向かった。

「詳細は文書にて。スフェーン式懐中時計の組み立てには腕利きの職人を用意する。必ず使ってくれ」

会長が受付嬢のジェシカさんに目配せをすると、彼女は扉を開けた。

それを合図に会議は終了となった。

ホワイト・エルデンズ団長、アンソニー様も退室する。

会議室には私、ミランダ様、レックスさん、ジェシカさんが残った。

「オードリー嬢」

ミランダ様の後ろに控えていたレックスさんがおもむろにうなずいた。

「特許や権利関係の手続きは私が教えられる。安心してくれ」

「レックスさん……ありがとうございます」

「オードリー嬢を驚かせたいといって性急に話を進めたミランダ様には、後で私から一言言っておく」

レックスさんが、困った人だ、と言いたげに無表情ながらもミランダ様を見つめる。

「あら、熱い視線だこと」

楽しげに笑うミランダ様にはまったく効果がないようだ。

自身で商談を成立させるような力を早くつけないと、ミランダ様に振り回される未来しか思い浮かばない。鑑定士だけではなく個人事業主としても、日々勉強が必要だ。

「さてオードリー嬢。〝楔石《スフェーン》〟なのだけれど、今のうちに確保したほうがいいでしょうね」

ミランダ様がこちらを見た。

「そうですね。需要が高まれば高値になるかと思われます」

「再確認だけれど、単価はおいくらになるかしら？」

「現在の相場はおおよそ一つ二千ルギィです。蛍石《フローライト》の前例を考えると、いずれ需要が高まり、三倍から四倍ほどになるかと思われます」

「そうよね……。王都の近場で〝楔石《スフェーン》〟が採掘できる鉱山を持っている魔宝石商会に心当たりがあるわ。そちらと交渉するのがいいと思うのよ」

ミランダ様がまたいたずらを思いついたような顔つきになる。

王都から近い、〝楔石《スフェーン》〟が採掘できる鉱山か。一つあるけれど……。

「そのお顔は……そういうことですか」

「ええ、そういうことよ」

ミランダ様がくつくつと堪えるように笑った。

「あなたの元婚約者が経営する、カーパシー魔宝石商よ」

「……商談は気が重いですね」

「堂々と商談なさい。今は他人なのよ。気にしていたら鑑定士はつとまらないわ。私が後見人になってあげるからね」

元婚約者のゾルタンとの接点が生まれてしまいそうなことに困惑する。

ゾルタンが好んで着ていたストライプスーツと、鼻に残る香水の香りを思い出した。

カーパシー魔宝石商との取引は避けていたため、もう二度と会うこともないと高を括っていた。

良質な〝楔石《スフェーン》〟が採掘できる鉱山は、王国に五つほどあるけれど、どこも遠方だ。ゾルタンが所有している鉱山が馬車で一日と一番近い。今後の輸送費などを考えると近いに越したことはなかった。

ミランダ様の提案はいたずら心もあると思うけれど、理にかなっていた。

「オードリー嬢の気がすすまないのなら、別の鉱山を当たるけれど？」

「いえ、大丈夫です。避けて通れない道ならば、進まないといけません」

「それでこそ私の鑑定士よ。〝楔石《スフェーン》〟の採掘は格安で請け負ってもらいたいわね」

「それは……可能なのでしょうか？」

「あらやだ。私、五年間も婚約しておいて、勝手に婚約破棄するような男は嫌いなのよ」

ミランダ様はいい笑顔をされておられた。

老獪《ろうかい》な貴族たちの中で常に中心人物として社交してこられた人物だ。商談における交渉術も長けている。何か策があるようだ。

「決めるのはオードリー嬢かと思いますが、ミランダ様？」

レックスさんが一言添えてくれる。

「レックスは心が広いのね。素敵だわ」

ミランダ様がぱちりと扇を閉じて、おもむろに立ち上がった。

「オードリー嬢、この後のご予定は？」

「いえ、特に急ぎの予定は入っておりません」

「カーパシー魔宝石商との商談についての話をしましょう。私の屋敷にいらしてくれないかしら。そうそう、大粒の〝金剛石《ダイヤモンド》〟の原石が手に入ったのよ。時間が余ったら鑑定してみない？」

「行きます」

もちろん即答した。

金剛石《ダイヤモンド》は魔宝石の王様とも呼べる存在だ。

「オードリー嬢……」

レックスさんが私を見て呆れている気がしないでもないけれど、貴重な魔宝石を鑑定できるとなればどこへでも行く所存だ。

その後、ハリソン伯爵邸にお邪魔し、ミランダ様と商談の相談をした。

翌日にはカーパシー魔宝石商へ行く約束を取り付け、全面的に私がゾルタンと商談をする運びとなった。ミランダ様が手に入れたという大粒の金剛石《ダイヤモンド》の原石は、それは素晴らしいものだったと追記しておく。

8

王都中心部。カーパシー魔宝石商の事務所に通された。

訪問の目的は〝楔石《スフエーン》〟を適正価格で仕入れることだ。

私とレックスさんが事務所に入ると、顔見知りである事務員たちが一斉にこちらを見て、皆が驚いた顔をする。

小声で「あれがオードリー嬢？」「メガネがないと印象が違う」「鑑定士になったのは本当だったのか」「魔道具師がイケメンすぎるわ」など囁いている。こちらに聞こえているので、もう少しだけ気を使ってほしい。ずっとこき使われていた身からすると、複雑な心境になる。

私にとっては苦い思い出しかない元職場だ。

事務所の隅にあった私のデスクへ目を向けると、今は誰も使っていないのか雑多な書類が置かれる物置スペースになっていた。私という存在がなかったことにされており、私を縛り付けていたしがらみはすでに断ち切られたとしみじみ感じた。

「ゾルタン会長がお待ちです」

事務員の女性が私とレックスさんを横目で見ながら、商会長室へと通してくれた。

部屋に入ると、ゾルタンがソファに堂々と座っていた。濃紺のストライプスーツ、サルファーイエローのネクタイ、よく磨かれた牛革の革靴を履いている。相変わらず強いココナツとライムが混ざったような香水の匂いがした。人を人とも思っていない、冷たい目は変わっていない。

「オードリー……」

ゾルタンは片頬を上げて苦い顔を作り、私とレックスさんを交互に見る。

事務員の女性は重い空気になりそうだと察したのか、紅茶を入れますと言って、逃げるように退室した。

ゾルタンとは約一ヶ月ぶりの再会だ。

最後に彼を見たのは大贋作会で、ドール嬢の結果に呆然自失としていた姿だった。

「ずいぶんと良いご身分になったようだな」

きつい視線を向けられ、後退りしてしまいそうになる。

けれど、私はもう以前の私ではない。鑑定士のオードリー・エヴァンスだ。力強く、高貴であれと、父から名をもらった一人の社会人だ。

そう言い聞かせ、ゾルタンに微笑んでみせて、丁寧にカーテシーをした。

「ごきげんよう、ゾルタン・カーパシー様。本日はご多忙のところ、このような席を設けていただき感謝申し上げます」

ゾルタンが私の態度に面食らったような顔つきになった。

あれ？　そこまで驚くこと？

私が変わったのは見た目と、どうにか頑張って下を向かないようにしている態度ぐらいのものだ。

彼は心情の変化を読み取られたくないと思ったらしく、軽く咳払いをした。

「あくまで対等な立場と言いたいわけだな。いいだろう、かけたまえ。お連れの魔道具師殿も」

「失礼いたします」

私が対面のソファへ座り、レックスさんも礼を取って隣に腰を下ろす。

レックスさんの存在は非常に心強い。彼はミランダ様の代理であり、スフェーン式懐中時計の開発者として同行してくださった。

先ほど逃げるようにして退室した事務員の女性が戻ってきて、紅茶を出してそそくさと去っていく。テーブルには色の薄い紅茶が湯気を上げていた。蒸らしの時間を短縮したのかもしれない。

ゾルタンは紅茶を一瞥もせず、口火を切った。

「ミランダ・ハリソン元伯爵夫人から書類はいただいている。新しい魔道具の後見人になってらっしゃるそうだな。そちらの男……レックス・ハリソン殿が開発者。オードリーが発案者であると。相違ないか？」

「書類のご確認、誠にありがとうございます」

私が礼を言い、次の言葉につなげようとすると、レックスさんが「失礼」と言って話をさえぎった。

「カーパシー殿とオードリー嬢はすでに婚約破棄をしている。彼女を呼び捨てにするのはマナー違反ではないか？」

レックスさんがゾルタンを見て、私に視線を移した。いつもの無表情だ。

言われてみればゾルタンと私は赤の他人だ。

元婚約者を、婚約中と変わらず気安く呼ぶ行為。

指摘されると爪の先で背中を撫でられるような、不快な気分になってくる。

私が回答する前に、ゾルタンは苦い顔を一瞬だけ作り、深々とソファに背を預けて長い脚を組み直した。

「オードリーと私は浅からぬ縁がある。呼び方ぐらい構わないだろう」

何を言うかと思えば、勝手な言い分だ。

私と婚約しているのをいいことに、父さんの名を利用して取引先を増やし、婚約者に隠れて愛人を囲っていた人の発言とは思えない。おそらく、ゾルタンにとって私という存在は部下のようなものなのだ。下に見ているから、発言も軽視したものになる。未だに私を認めていないのかもしれない。

久々に会ったゾルタンに対してなんの感情も湧かなかったけれど、ミランダ様にオススメされた商談案に気持ちが傾いてくる。

ちなみに、商談案は二パターン準備してあった。

「カーパシー様。呼び捨てはおやめください。私たちはただのビジネスパートナーです」

「ビジネスパートナー？　私とお前が？　ほう、取引すると決めたわけではないが」

「……では、このお話はなかったことにいたしましょう」

ミランダ様からは「強気にいけ」と助言されていた。私はただでさえ他人に甘いから、心をダイヤモンドのように硬くしろと、心配されているのだ。

これも練習だと言い聞かせ、私は小説のご令嬢になった気持ちで背筋を伸ばした。

「いい取引になるかと思っておりましたが、残念です」

「残念なのはそちらだけだ。うちが所有している渓谷鉱山を使いたいのはオードリーだろう？」

ゾルタンは依然として不遜な態度だ。

レックスさんが小さく鼻から息を吐いている。呆れているのか、憤っているのかはわからない。

「新開発したスフェーン式懐中時計はゼンマイ巻きを必要としない画期的な魔道具です。その一部となる魔宝石を鉱山で得たいと考えておりました。風の便りに聞きましたけれど、カーパシー魔宝石商は経営が厳しいそうですね？　このお話は商会にとって大変有益なものになるはずです」

「……本当に懐中時計が動くのか？　ゼンマイなしで？」

ゾルタンは経営が厳しいという言葉で拳を握り、私に探るような目を向けてきた。

「王国第二騎士団、魔道具師ギルト、鑑定士ギルド、時計商工会は新型の存在を認めております。実物と書面もこちらに。ご判断はおまかせいたします」

ゾルタンはレックスさんが新しく作ったスフェーン式懐中時計を見つめ、私が契約した書類の表紙にある名前を確認した。

「……オードリーが、新しい魔道具を作っただと……？」

「私が作ったのは新しい魔宝石のカット方法です。エヴァンスハートカットと命名されました」

「魔宝石のカットを？　どういったカットなのだ？」

ゾルタンは心底驚いた、という顔で私に視線を移した。

「特許を取っておりますので、使用法などは王国に申請くださいませ。現在は私の鑑定士事務所で独占しているので、私の許可なくお使いいただけません」

「なんと忌々しい……こんなことなら無理にでも結婚しておくべきだったか」

小声でゾルタンがぶつぶつと何かを言っている。

「なんでしょうか？」

「いや、こちらの話だ。新型懐中時計の存在は認めよう。それで、必要な魔宝石はなんだ？」

「〝楔石《スフェーン》〟でございます」

「〝楔石《スフェーン》〟？　あの、不人気な魔宝石か」

ゾルタンが顎に手を置いた。

「はい。こちらの希望としては一般流通価格が二千ルギィでございますので、大量注文することから、一つ千五百ルギィにしていただきたく思っております」

「話にならん。三千なら請け負おう」

思ったとおり、ゾルタンは強気だった。

こちらが提示した金額は適正価格だ。

「スフェーン式懐中時計は長く続くヒット商品になること間違いございません。誰しもが欲しているゼンマイ巻きなしの懐中時計は、数年単位でなく、数十年、数百年先も必要となる生活必需品となります。我々といたしましては、二年間、カーパシー魔宝石商だけと契約をする心づもりです。時代の先駆者として、必ずや名が残ります。むしろチャンスと思っていただければ幸いです」

「上から目線の商談じゃないか。誰に教わったんだ。常にびくびくとしていたおまえらしくもない」

「……よろしいのですか？」

「何がだ」

「私とカーパシー様が取引をする意味がおわかりになりませんか」

するとゾルタンが黙り込んだ。

カーパシー魔宝石商はゾルタンが強引な婚約破棄をし、私を蔑ろにしたことで、鑑定士ギルドから大不評を買っており、取引をする鑑定士が激減していた。

醜聞というものは簡単に広まるもので、取引先のいくつかがカーパシー魔宝石商から撤退しており、魔宝石の入手もお困りらしい。これはミランダ様情報だ。

ゾルタンが挨拶回りをして傷口の広がりはある程度で治まったようではあるけれど、五年間婚約していた婚約者を切り捨てて、すぐに愛人と婚約した、という真実は消えない。

今回、私と取引をすれば、実質的に私がカーパシー魔宝石商を許したと世間は捉えるはずだ。

ゾルタンもそれがわかっていて黙り込んでいるのだ。

「もしカーパシー様が商談を断った場合、今日の話はミランダ様から周囲に伝わるかと思います」

「おまえ……！」

これがミランダ様が考えた、商談案強気バージョンだ。

世間の目からすると、せっかく仲直りしようと思った私の提案を、ゾルタンが無下に断った、というふうに映る。

正直なところ、ゾルタンに会うまでは普通の商談案で交渉するつもりだった。

婚約どうこうを利用するつもりもなかった。

それでも、ゾルタンが婚約破棄をなかったことのように話し、あまつさえ私を呼び捨てにして浅からぬ関係と言う神経と態度が、社会人としてどうかと思ったわけだ。対等に話すつもりがないのなら、こっちもやられっぱなしにはなりたくない。小説のご令嬢も、女性の身で騎士を目指す自分を見下す相手には容赦がなかった。

「我々としてはカーパシー魔宝石商と取引せずに、別商会の鉱山を利用してもいいのです。ですが、後見人であらせられるミランダ様が輸送面などを考慮して御商会をご指定くださったことをお忘れなきよう、お願い申し上げます」

ゾルタンは拳を握りしめて私を睨んでくる。

出来る限り無表情を作り、目をそらさず見つめ返した。

しばらくの時間が過ぎ、ゾルタンが深く息を吐いた。

「……二千五百。二年間、固定でどうだ？　その懐中時計がゼンマイなしで動くのなら、人気商材になることは明白だ。〝楔石《スフェーン》〟の値段も高騰するだろう。固定の金額ならばこの先、相当得になるはずだ」

ようやく交渉する気になったのか、ゾルタンがソファから背中を離し、組んでいた脚を解いた。

すると、黙っていたレックスさんが我慢できないと言いたげに息を吐き出した。私とゾルタンの視線が彼に吸い寄せられた。

「カーパシー殿はオードリー嬢と婚約破棄した後、鑑定士を詐称していたドール嬢を大贋作会に推薦してしまい、信用を落としてしまったそうですね。それを挽回するため、長い付き合いがある各商会に頭を下げて回ったと聞き及んでおります」

「……それが何か？」

ゾルタンが冷えた声を出した。

無表情から表情が変化しないレックスさんは、ゾルタンの冷徹な視線を受けても何も変わらない。

「鑑定士ギルド期待の星であるオードリー嬢が、貴殿との取引を持ちかけた。これは温情です。彼女の優しさに対して謝罪も感謝もなく、二千五百などと世迷い言をおっしゃる。あなたはそれでも一商会を経営する会長なのですか？」

温情などはこれっぽっちもなかったのだけれど、確かに傍から見るとそう見えるかもしれない。

「……二千」

「オードリー嬢との関係修復を公言できるのです。安すぎる」

「……千八百」

ゾルタンが苦い顔つきで言う。

レックスさんが私のほうをちらりと見た。後は私が交渉しろということだ。

ミランダ様の商談案の決着は一つ千ルギィだ。

概算でほぼ利益なしの条件。

さすがに無理があるなと思ったけれど、話した感触ではいけそうだし、ゾルタンにも名誉挽回という利益が十分にある。でも、そこまで金額に執着しているわけでもない。練習というつもりでもう少しだけ交渉しよう。

「カーパシー様、申し訳ございません。やはりこのお話はなかったことにいたしましょう」

私がおもむろに頭を下げる。

顔を上げてゾルタンを見ると、苦虫を大量に噛み潰したような表情になり、一度大きく息を吐いてから、こちらを挑戦的に睨んだ。

「いいだろう。千五百だ。それで手を打ってやる」

「もう一声ちょうだいできませんか。この魔道具は国民を豊かにいたします」

「……千四百だ。これ以上はまけられん」

「採掘、輸送、鑑定費用はカーパシー魔宝石商持ちでお願いいたします」

「……くっ……仕方ない。承知した」

「それから、今後一切、呼び捨てはおやめくださいませ」

なるべく営業スマイルを作り、ゾルタンに笑いかける。

彼は瞳を大きくしたあと、悔しそうに顔をそむけた。

「……承知した」

「ではこちらの契約書にサインを」

バッグからあらかじめ作成しておいた契約書を取り出す。

ゾルタンは憎たらしいと言いたげに契約書を取ると、細部まで読み込んでから魔法ペンでサインをした。

取引内容は二年間、千四百ルギィで固定だ。

品質が低下した場合、契約を打ち切ることができるなど、こちらに有利な内容である。

無事契約が終わったので、私とレックスさんは立ち上がった。

「カーパシー様、素晴らしい取引ができたことを嬉しく思います。商業神アキドゥ様も我々を祝福くださっていることでしょう」

決まり文句を言って、カーテシーをする。

「ああ、こちらも嬉しく思う」

ゾルタンがにこりとも笑わずにうなずいた。

レックスさんは彼の様子を見て、何か思うところがあったのか腕を組んだ。

「個人的には千四百でも安いと思っております。そこで、一つ提案がございます」

「まだなにか？」

ゾルタンが警戒した声を上げた。

「まず、渓谷鉱山の視察に行きたい」

「ああ、それは願ってもないことだ。〝楔石《スフェーン》〟の品質を確認してくれ。我が商会の信用につながる」

「渓谷鉱山は〝楔石《スフェーン》〟の他に、〝蛋白石《オパール》〟が取れるそうですね。オードリー嬢が万が一採掘した場合、無料で譲っていただきたい」

「え？」

思わず変な声が出てしまった。

ゾルタンはしばし考えたあと、結果的には良い噂が流れるか、と独りごちてうなずいた。

「そうだな。視察中はオードリー……嬢に採掘権をやろう。一つと言わず、十個無料で進呈する。ただし、取れた場合に限るがな」

「十個も!?　いいんですか？」

興奮してしまい、一歩前へ出た。

ゾルタンが面食らったのか、後ずさる。

「あ、ああ。かまわん」

「ありがとうございます！　〝蛋白石《オパール》〟を十個も無料で採掘していいなんて素敵すぎる……！」

まだ見ぬ〝蛋白石《オパール》〟に想いを馳せる。

奇跡的に超希少な魔宝石、〝黒蛋白石《ブラックオパール》〟が見つかってしまったらどうしようかと、顔がにやけてしまった。

数秒すると肩を叩かれた。

振り返ると、レックスさんがやれやれと肩をすくめていた。

「オードリー嬢……」

「あ……」

ゾルタンが珍獣を見るような顔つきでこちらを見ていた。

顔が熱くなることが抑えられなかった。どうにか咳払いをして一歩下がり、姿勢を正して丁寧にカーテシーをした。

「視察の候補日は追ってご連絡いたします。それではごきげんよう」

挨拶もほどほどに会長室から退室する。

従業員の視線を感じながらカーパシー魔宝石商を出ると、レックスさんがわずかに目を細めた。

「最後の最後で素が出てしまったな」

「……面目次第もございません」

「オードリー嬢の美徳でもある。気にするな」

「魔宝石のことになるとどうしても……」

「まずは商談成立おめでとう。古巣での交渉は気が重かっただろうが、良い取引ができた。輸送や品質を考えると、やはりカーパシーと取引するのが最良だ」

レックスさんが空気を変えるように言って、大通りを歩き出した。

私もそれに倣って後に続く。

大通りでは馬車が行き交い、人々が忙しそうに往来していた。

「どうだ。休憩がてら、カフェでコーヒーでも一杯」

「いいですね。行きましょう」

私たちは若者の間で人気のコーヒーとマフィンが美味しい店に入り、フレーバーコーヒーの香りを楽しみながら、先ほどの商談の感想や、渓谷鉱山の視察について話り合った。

9

ゾルタンと商談を行った二日後。

渓谷鉱山の視察に行くため、王都中心部にある馬車の停留所へ向かった。

せっかくなので、二泊ほどする予定だ。

人生初、一人で旅行の準備をする。父さんの仕事についていったときは、手伝ってもらったからね。モリィの助言がなかったらトランク一つに荷物が収まらなかった。

荷造りは奥が深い。

現地調達できるものも多いので、荷物は少なくしたつもりだ。

『【浮け《エクウ》】の言霊《ワード》、上手に使えてるよ』

クリスタがトランクに腰をかけて脚をぶらぶらさせている。

トランクの底に精霊魔法をかけて重量軽減しているのは秘密だ。精霊魔法が便利すぎて昔の自分に戻れない気がする。

視察の目的は渓谷鉱山で採掘できる〝楔石《スフェーン》〟の質を確かめることだ。

二年間という長期間の契約になっているため、鉱山を視察に行くのはよくある話で、鑑定士が同行することは多い。ランクの高い鑑定士ほど色々な場所へ移動しての依頼が多くなるため、鑑定士ギルドでの指名はかなり先のものまで依頼できる仕組みだ。

そういえば、お世話になっているBランク鑑定士のジョージさんも、長期で出張していて最近会っていない。Bランクともなれば多忙だ。一年の半分は出張していると言っていたっけ。

『〝蛋白石《オパール》〟取れるかなぁ？』

『鉱山に入って探すよ。私は伝説の〝黒蛋白石《ブラックオパール》〟を見つけたい』

『ぼく、見たことがないや』

『クリスタもないの？』

『うん。すごく珍しい魔宝石だよ。どんな精霊なのかも知らないんだよね～』

クリスタが指をさし、トランクから飛び上がってレックスさんの頭上へと飛んでいく。

レックスさんは乗り合い馬車を使ってきたのか、二十人乗りの馬車から降りて、私を見つけると軽く手を上げた。

『へえ。精霊全員と知り合いってわけじゃないんだね』

『あ、金髪が来たよ！』

今日も全身黒のコーディネートで、背中には背負うタイプの大きなトランク型の鞄。腰には長剣を佩いている。道中と鉱山で魔物が出る可能性があるからだろう。

彼が歩くと輝くような黄金の髪がふわりと揺れ、周囲の女性たちが一瞬で視線を引き寄せられ、その瞳は熱のこもった眼差しに変化した。

レックスさんは美しすぎて触れることさえ躊躇われてしまう、どこかあやうい雰囲気がする魔宝石のような存在だ。ただ、中身は割と気さくな人である。人も魔宝石も、知れば知るほど印象が変わるものだ。

「おはよう、オードリー嬢」

「おはようございます。晴れてよかったですね」

「ああ、そうだな」

移動は最新式のスプリングという魔道具がついた馬車だ。

第二騎士団のホワイト・エルデンズ団長がわざわざ私のために手配してくれたもので、無骨ながらも高級感にあふれた質感をしている。使っている木材が魔力を有しているそうだ。

馬車を護衛する傭兵の三人から旅程を聞かされ、出発となった。

途中の宿場町で一泊する予定だ。

移動で二泊、渓谷鉱山で二泊、という日程になっている。

私とレックスさんが乗り込むと、御者の方が丁寧に挨拶をしてくれ、馬車が動き始めた。

「これは……揺れませんね」

「ああ。ここまでとは思わなかったな」

レックスさんがしきりに感心している。

スプリングの魔道具の存在は知っていたそうだが、貴族の間で人気すぎて生産が追いついておらず、乗れる人はごくわずからしい。

揺れが少なくて、本が読めてしまうほどだ。

個人的にはどんな魔宝石が使われているのかが気になる。

後で見せていただこう。

◯

ダニア渓谷は鑑定士が発見した、森の奥深くにある鉱山だ。

流水が長い年月をかけて岩を削り、切り立った谷になっている。その中を川が流れて飛沫を上げていた。時折、陽光を浴びたように川が輝くのは、上流にある滝から魔力が流れだして混ざり合っているからだという。

遠見の精霊魔法で渓谷の断面を見ると、魔宝石になりそこねた楔石やタイガーアイを発見した。

「鉱石がたくさんありますよ！」

渓谷全体が鉱山になっており、掘り返せば魔宝石が採掘できるため、ダニア渓谷は略称として渓谷鉱山と呼ばれるようになったそうだ。

空気が綺麗で、草木の香りが肺に入ってきて気持ちが良い。

しかも、横に見える渓谷鉱山にはまだ見ぬ魔宝石たちが埋まっていると思うと、もう自然と笑顔になってしまう。

これぞ鑑定士。これぞ自由な独立ライフ。

無性に両手を上げたくなる。

父さんもこうして様々な鉱山や街へ行って仕事をしていたのかと想像すると、鑑定士が楽しくてやりがいのある職業だと実感できた。

鬱蒼とした森を切り開き、道路を作って、町が形成されている。

渓谷鉱山に勤める鉱山夫、傭兵を中心に町が発展したそうで、石造りの家々が建ち並んでいた。

カーパシー魔宝石商の渓谷鉱山支部に到着すると、職員さんが五名、並んで出迎えており、馬車が停車すると一礼した。

私とレックスさんが下車し、後方の馬車に乗っていたゾルタンが降りると、職員たちが一斉に顔を上げた。

その中に、よく見知った人がいて驚いてしまった。

相手も目を見開き、幽霊でも見たような顔つきになった。

「陰気女……なんでここに……」

大贋作会以降、王都から姿を消していたドール嬢がわなわなと身体を震わせていた。

彼女は王都にいた頃とあまりにも印象が違った。

胸部を強調するオフショルダーの派手なドレスを好んでいたのに、今は地味めな白と紺色のワンピース姿であり、メイクも以前に比べて発色が悪い。濃いめであるのは間違いないのだけれど、全体的に落ち着いた色合いになっていた。

「ど、どういうことですの、ゾルタン様！　この女に今のわたくしの姿を見せて、見せしめにするつもり?!」

ドール嬢が金切り声を上げる。

他の職員がぎょっとした表情になり、一斉にゾルタンへと視線が移った。

「ドール嬢、彼らは重要な取引相手だ。失礼のないよう対応してくれ」

「なんですって……取引相手？」

ゾルタンがドール嬢に近づいて、肩に手を置いた。

「わかってくれ。バーキン殿から、厳しくするよう厳命されているのだ。支援していただいている身であるから、約束を違えるわけにはいかない」

「気安く触らないで！」

ゾルタンの手を振り払い、ドール嬢は肩をいからせた。

なぜ彼女が渓谷鉱山にいるのだろうか？

あと、なぜゾルタンは悲しそうな顔をしているんだろうか？　散々煮え湯を飲まされてきたというのに、まだドール嬢に恋慕している？　恋愛事情は小説の情報しか持っていない。人の気持ちはそう切り替えできないとはよく書いてあるし、男性は失恋を忘れることができず、脳内に思い出のオルゴールとして保管していると、恋愛小説の巨匠が書いていた。それでも……ゾルタンの気持ちは理解しがたい。

ゾルタンが言ったバーキン殿というのは、ドール嬢のお父様である、大商会バーキン家の大旦那様のことだろう。

ドール嬢がレックスさんと馬車を見てから、キッとこちらを睨みつけた。

「いい気になっているがいいわ！　私が鑑定士に返り咲くのは時間の問題よ。あなたより優秀なところを見せてあげるんですから」

「あ……はい、そうですか……」

「なんですの！　その気の抜けた返事は！　憎たらしい！」

不正合格をした人が、また鑑定士試験を受けられるとは思えない。

「どうお返事をすればいいのかわからなくなりまして」

「ゾルタン様！　わたくしは陰気女の案内などいたしませんわ！」

ふんと顔をそむけてドール嬢がそっぽを向いてしまった。

ゾルタンは困った顔になるが、私とレックスさんに見られていることに気づき、すぐに表情を戻して職員のひとりに案内をまかせた。

「出迎えご苦労。他の皆は持ち場に戻ってくれ」

ゾルタンの指示でドール嬢と案内係以外の三人が、石造りの古めかしい事務所へと戻っていく。

「ドール嬢、君もだ」

「いやですわ」

「わかってくれ。私だって、バーキン殿に報告したくないんだ。しかし、君があまりにも以前と変わらない態度ならば、私も報告せざるを得ない――」

「ああ、ああ、いやですわ！　お父様に飼いならされて情けないッ！」

ドール嬢がゾルタンを一睨みし、脚を踏み鳴らして事務所へ戻っていった。

沈黙が流れる。

レックスさんが口を開いた。

「ドール嬢は王都からいなくなったと聞いたが、どういうことだ？」

話しづらそうに口の端を動かし、ゾルタンが私たちに背を向けた。

「ドール嬢のお父上であるバーキン殿が、我が商会に多額の融資をしてくださった。その条件として、ドール嬢をうちで預かり、一人前の社会人に更生させる件を引き受けた」

「そうなのですか？　バーキン様も鑑定士資格の不正獲得に関与していたのでは？」

「バーキン殿いわく、まったく知らなかったことだそうだ。すべてドール嬢が独断でやったと。自分の娘を厳罰なしで放置しては外聞が非常に悪いため、ほぼ勘当扱いにして、この渓谷鉱山で事務員をさせる運びとなった」

「そんな顚末になっていたんですね……」

「月十万ルギィ。これがドール嬢の給料だ」

「……以前の私と同じですか」

「今ならオードリー……嬢を正式な雇用形態で雇い入れる準備はある」

「遠慮させていただきます。私は独立し、父の屋号を継ぎました。カーパシー様もお父様の跡を継いだのですよね？　屋号を守らねばならないお気持ちがわかるのではありませんか？」

「……」

私たちが無言になると、気まずい空気を察した案内係の方が「こちらです」と言って事務所に案内してくれた。

石造りの事務所内部は外よりもひんやりとしていて、涼しかった。

ゾルタンは支部の接待室へと私たちを通すと、案内係の方に魔宝石を持ってくるように言いつけた。しばらくして、案内係の方と、ドール嬢が部屋に入ってきた。

二人は布張りされたトレーを持っている。

トレーには小さな石が数十個入っていた。

「採掘した〝楔石《スフェーン》〟を持ってこさせた。質を確認してくれ。こちらである程度の選別はしている」

ゾルタンはドール嬢を気にしながら、私に説明する。

「承知いたしました」

トレーには天然の魔宝石が載せられている。

天然とは、まだ人間の手が入っていない魔宝石のことを指す。研磨もカットもされておらず、形も様々だ。この中からスフェーン式懐中時計に使えそうなものを選り分けていく必要があった。その際に色、重さ、透明度、魔力の流れを確認する。

「その机を使ってくれ」

ゾルタンが執務机の横にある作業台を示してくれた。

光源の魔宝石が使われた照明がついている。

「ありがとうございます。では早速」

私は浮き足立つ気持ちを抑えて椅子に座り、ジュエルルーペを取り出し、照明の位置を調整した。手元に明かりがくるように角度を変える。

事務員の方がトレーを机に置いてくれた。

魔力を瞳に通してざっと確認すると、〝楔石《スフェーン》〟には良質な魔力が流れていそうだった。

「こちらも鑑定してくださいませぇ」

黙って様子を見ていたドール嬢がいきなり動き出し、私の前に置かれたトレーに追加で魔宝石を流し入れた。ざあっと石が触れ合う音が響く。

「ドール嬢、何をしている」

ゾルタンが咎めるように言う。

「あら、サンプルは多いほうがいいでしょう？　期待の星と呼ばれている鑑定士様なら、造作もない作業かと思います」

「それにしては数が多すぎる」

数十個だった魔宝石が、今は山盛りになってしまっていた。

「カーパシー様、大変ありがたい申し出でございます。私はより多くを鑑定してみたいと思っておりました。ドール嬢、感謝申し上げます」

「え？　ええ……別にそれほどでも」

ドール嬢はなぜか困惑していた。

小声で何か言っているけれど聞こえない。

「大きなトレーをお借りしてもよろしいでしょうか？」

職員の方がすぐに別のトレーを持ってきてくださったので、山盛りの石をこぼれないよう慎重に移し、石が重ならないように広げていく。

魔力を瞳に通すと、どうやら〝楔石《スフェーン》〟に似ている水晶が交じっていた。

「こちらとこちら、それからこれは水晶ですね。ああ、琥珀も交ざっております。綺麗に模様が出ていますが魔力が内包されていないですね。残念です」

手際よく〝楔石《スフェーン》〟以外を弾いていく。

「カーパシー様、先ほどの小さなトレーに鉱石は分けておきますね。懐中時計に使えない質の〝楔石《スフェーン》〟は別のトレーに移動させます」

「……ああ」

「くっ……なんで間違えないのよ……せっかく似ている石を交ぜたのに……！」

「ドール嬢？　何かありましたか？　あ、琥珀は傷つけていませんよ。装飾品として販売する可能性もありますものね」

「え、ええ、そうよ！　傷つけたら承知しないわよ！」

「はい、それはもちろんです」

〝楔石《スフェーン》〟を鑑定していく。

良質なものばかりであったので、半分以上はスフェーン式懐中時計に使えるだろう。

十五分ほどで作業が終わり、ジュエルルーペから目を離してゾルタンを見た。

「ありがとうございました。この鉱山で取れたものでしたら、新型の懐中時計に利用できますね。ドール嬢もありがとうございました。追加してくださった魔宝石は形も整っておらず、魔力量も微妙なものばかりでしたけれど、鉱山の特性を知る上で大切な情報でした。お気遣いに感謝いたします」

「……当然ですわ！」

「Dランク鑑定士、オードリー・エヴァンスが、本物だと証明いたします。問題が発生した場合は鑑定士ギルドまでお問い合わせくださいませ」

席から立ち、鑑定士の決まり文句を言ってカーテシーを取ると、ドール嬢がなぜか顔を真っ赤にした。

「気分が悪いですわ！　失礼します！」

ドール嬢は癇癪を起こす一歩手前という顔つきで、バンと大きな音を立てて扉を閉め、去っていった。

……どうしたんだろうか？

「オードリー嬢……仕事熱心で何よりだ」

「ありがとうございます？」

レックスさんが無表情が崩れる一歩手前、というように口元を引き結んでいるので、首をかしげた。

ゾルタンは「うちで雇っている鑑定士よりも仕事が三倍も早い？　あのオードリーが？」と小声

でつぶやいていた。そんなに早くはないと思うけれど。

10

カーパシー魔宝石商の支部で〝楔石《スフェーン》〟の鑑定を終わらせた後、簡単な軽食を摂ってから、いよいよ鉱山の視察に行くことになった。

案内役として中年の鉱夫長。

魔宝石を狙う魔物が出てくるため傭兵が二人。

ゾルタン、レックスさん、なぜかドール嬢もついてきた。

私を含め、総勢七名だ。

ドール嬢は私とレックスさんを恨めしげに睨みながら、時折笑って、「わたくしがついていってあげる。光栄に思いなさい」と言っている。ゾルタンは彼女にあまり強く言えないのか、危険があるから前に出ないようにと注意して帯同を許していた。

『この辺に魔宝石はないよ～』

クリスタが楽しそうに空を飛び、渓谷に流れる川を見下ろして指さし、その腕を対岸へと向けた。

『あるならあっちかな～？　でも……うーん？』

空中で腕を組んであぐらも組み、そのまま逆さになって、うんうんとうなり始めた。逆さになっているクリスタが可愛いので、微笑みを返しておく。おそらく、長年採掘しているので町の近くに魔宝石はないのだろう。

現に、カーパシー魔宝石商の管理している鉱山は渓谷に流れている川の対岸にある。

クリスタは逆さのまま数回転すると、徐々に斜めに傾き、最後には直立の状態になって、「お散歩してくるね」と言い残して消えた。相変わらず自由な精霊さんだ。

独り言を言っている変人に思われないよう明後日の方向を見ていたので振り返ると、出発の準備をしていたらしい案内役の鉱夫長さんが私に近づいてきて、大きな声を上げた。

「へえ！　あなたが鑑定士様か！　王都の鑑定士様ってのはずいぶんと綺麗なんだなぁ。こりゃあいいもんが見れたよ～」

「え？　私が、いいもん、ですか？」

思わず自分を指さしてしまう。

「あなた以外に誰がいるんですかい？　町の若いもんが美人な鑑定士様が俳優さんみてえなどえらいイケメンと一緒に来たって大騒ぎしてるよ。みんな誠実そうな鑑定士様だから色々話してみてえって言ってたな。あとで町にも行ってやってくれよ。うちは娯楽が少ねえからさぁ！」

そう言って鉱夫長さんが人懐っこい笑みを浮かべた。

「いえいえ、何をおっしゃっているのですか。元が地味顔なので化粧でどうにか頑張っているだけですよ」

「またまたぁ」

よく日焼けした顔と人の良さそうな顔つきのせいで、まったく嫌味に聞こえない。

そういえば、町の食堂で軽食をした際、やけに通行人が多いような気がしていた。てっきりレックスさんを見ているとばかり思っていたけど、私も見世物になっていたようだ。

レックスさんのおかげで私の評価も上方修正されているのだろう。

あと、服装はモリィのおかげだ。私が美人だというのは、おそらくこの年齢の女性鑑定士がめずらしいからだ。

すると、ドール嬢が「ああ！」と私たちの会話を遮るように声を上げた。

驚いて振り返る。

「ごめんなさい。つまずいてしまいましたわ」

ドール嬢がレックスさんにしなだれかかるようにして、尻もちをついていた。

「何もないところで転ぶとは器用だな」

無表情のレックスさんがドール嬢を引き上げて、興味がなさそうに私の隣にやってきた。

レックスさんの素気ない対応に、準備をしていた傭兵の男女二人がくつくつと笑った。

ドール嬢がレックスさんに恋慕していたのは知っていたけど、ここまで相手にされないのも少し可愛そうに見えてしまう。いや、わざとつまずくのはどうかと思うけれど。

ドール嬢は顔を赤らめて、靴紐が緩かっただけですわ、と叫んでいた。

ゾルタンが優しく声をかけてもドール嬢はふくれっ面になるだけだ。

ちょっとしたやり取りの後、私を中心とした視察団一行は町から川へと向かい、二十メートルほどのがっしり足場が組まれた木製の橋を渡った。石畳の道が森の奥まで続いている。

「歴史を感じますね」

石畳の道を歩いて左右を見れば、過去掘り起こした穴が点々と空いており、その横には掘り返した土が小山のごとく盛られている。数十年単位で年月が経過しているのか、草木が地表を覆い隠し、天然のオブジェのようになっていた。

これは露天掘りという採掘方法で、地表に出ている鉱脈を掘り起こすやり方だ。

採掘がしやすい反面、鉱脈が地表付近にないと無駄骨になってしまう。

掘って、探して、また掘り返す。

予想していた成果が得られなかった穴は打ち捨てられ、草木に埋もれる。道行く景色を見ていると、人々の熱意と情熱、魔宝石で一攫千金を狙う欲望を感じた。人のなせるわざと言えば聞こえはいいけれど、業の深さも感じてしまう。

「この辺りは俺の爺さんの、そのまた爺さんの、さらに爺さん代で取り尽くしちまったんだ。あっちも、そっちも、もう〝蛋白石《オパール》〟は取れねえよ」

先頭を歩く鉱夫長が、分厚い革手袋に包まれた指で方向を指し示してくれた。

「だから遥か昔に露天掘りはやめて、坑道掘りにしたんだ。だよな、旦那」

鉱夫長がゾルタンに顔を向ける。

商会のロゴが入った頑丈な革鎧を着ているゾルタンが、鉱夫長の言葉にうなずいた。さすがに魔物が出没する場所でスーツの視察は無理がある。ゾルタンのスーツ姿しか見たことがなかったので、革鎧姿への違和感が凄い。相変わらず香水はつけていた。香りがいつもと違う、ラベンダーとレモングラスが混じった匂いだ。魔物避けの効果があるものを使っているのかもしれない。

私は父さんの手記にあった言霊《ワード》を利用した虫よけ対策をしている。精霊魔法が便利すぎた。

「渓谷鉱山の歴史は長い。この下にも坑道が広がっている」

ゾルタンがちらりと下を見て、顔を前へ戻した。

無駄話をするつもりはないようだ。

「いやぁ、旦那が視察に来てくれて、うちの若いもんもやる気を出してるんだよ。こうして直々に視察に帯同してくださって感謝しかない」

「ここは商会の大切な鉱山だ。重要な取引もあるからな」

ゾルタンが邪険にするでもなく、真面目な表情でうなずいた。

少し驚いてしまった。

以前の傲岸不遜と言ってもいいゾルタンとは思えない言葉と態度だ。

私が知っている限り、鉱山の視察に行ったことなどないはずだったし、部下への対応はあまりいいものではなかった。そういった対応ができるなら、私が働いていたときからやってほしかった。

「ありがとうございます。旦那がこうして先代の意志を継いでくださって、あっしは嬉しい！　あとはいいお相手を見つけて結婚してくださったら商会も安泰だ！　婚約の件は残念でしたけど、まあ、こっちのことは俺たちにまかせてくださいよ。王都なら鑑定士様みたいな綺麗で優しい女性もいっぱいいいるんでしょう？」

鉱山夫さんは私が元婚約者と知らないのか、場の空気をほぐそうとして話題を振ってくれている。しかし、ゾルタンは顔をひくつかせて片眉を上げ、しかめっ面にならないよう努力していた。

「……そうだな。善処する」

ゾルタンが私をちらりと見て、大きく息を吐いた。

婚約破棄したのはそちらだから、私が悪いみたいな顔をしないでほしい。

「さて、見えてきましたよ！」

鉱夫長さんが、前方に見えてきた坑道へと続く入り口を見た。

入り口は馬車が二台すれ違える大きさで、崩れないよう木材で補強されている。

現在も作業中なのか、鉱物をこんもりと荷台に載せた荷馬車がゆっくりと坑道から出てきて、選別作業場へと運ばれていく。

近くへ移動すると、魔道具で稼働するベルトコンベアに採掘された鉱物が流され、作業員の手で丁寧に選別がされていた。魔力の有無を確認しているのだ。少しでも魔力が内包されていれば、魔宝石である可能性が高いため、鑑定行きとなる。熟練の作業員は魔力の有無がひと目みただけでわかるそうだ。細かな鑑定はできないものの、鑑定士の作業量を減らす意味では重要な役割だ。

雇い入れる鑑定士が減ればコストカットにもつながる。

専属の鑑定士の雇用に対して費用がかかるのは周知の事実だ。Eランク鑑定士でも一般人の収入のおよそ四倍から五倍が見込まれる。年収の高さも鑑定士が人気の理由である一つだと思うけれど、やっぱり一番は夢とロマンだと思う。こんなにも心躍る職業は全世界を探してもないだろう。

「オードリー嬢。聞いていたか？」

肩を叩かれて見上げると、レックスさんが無表情にこちらを見下ろしていた。間違いなく呆れている目をしている。

「あ、すみません……！　作業に見入っていて聞いておりませんでした。何か皆さんでお話を？」

「これから鉱山内部に入る。その注意事項だ」

鉱夫長さんが嫌な顔をせず、もう一度説明してくださった。

魔物が出るので先頭に出るなという簡単な指示で、レックスさんがCランク傭兵の資格を持っているため、彼と共に行動するように、とのことだ。

私たちが話している間に、ドール嬢が散々にごねてなぜか坑道にもついてくることになっていた。

傭兵の男女コンビが嫌なことを隠そうともせず、余計な行動はしないでくださいよ、とドール嬢に言い含めていた。

作業の邪魔にならないように、簡易休憩所で十分ほど水分補給をして休息を取り、鉱山内部へと入る。

内部は〝蛍石《フローライト》〟の照明器具のおかげで明るく、鉱夫長さん、ゾルタン、レックスさんがカンテラの魔道具を持っているため足元も見やすい。

土の匂いと鉄っぽい香りがして、緩んでいた気持ちが引き締まった。

「わたくし初めてですわ。ひんやりしていて怖いんですのね」

ドール嬢が最後尾でつぶやくと、先頭にいる鉱夫長が「帰ってもいいんですぜ～」と軽口を返している。ドール嬢が怖がっているのをおもしろがっているふしがあった。

「これくらい、別に、大丈夫ですわ」

ドール嬢が鼻息荒く、声を上げる。

彼女はまたレックスさんに近づくためについてきたのだろうか。脈ナシであるのはわかると思うけれど、よくわからない。

一本道の坑道を進んでいくと、二股に道が分かれており、一気に道が狭くなった。荷馬車を滞留させ、方向転換させる場所でもあるのか、分かれ道の手前は円形状に広さが確保されている。

ああ、これぞ鉱山という様相だ。

私たちの知らないところに魔宝石があると思うと、そわそわしてきてしまう。早く奥へ行って、埋まっている魔宝石たちを拝みたい。

「鑑定士様は楽しそうだなぁ」

鉱夫長さんがこちらを見て笑った。

「はい！　どのように魔宝石が埋まっているのか見たくてワクワクしております」

「そうかそうか。じゃあ行くぞ～。まだ魔物は出ないが気は抜かないでくだせえ」

鉱夫長さんが足を進め、傭兵のお二人がいつでも対処出来るように、左右前方へと警戒するように歩き始めた。場の雰囲気がピリッと重くなる。

坑道を進むにつれて、空気が湿ったものに変わっていく。

光源も最低限になっているのか、周囲も薄暗い。

ドール嬢がレックスさんに明かりを照らしてくれと何度も言ったので、彼が仕方なく自分の持っているカンテラを貸し出していた。照らしてエスコートするのはお嫌みたいだ。

私は精霊魔法で光源を出し、レックスさんの足元を照らした。

「すまない」

「いえ」

坑道を十分ほど進むと、いくつもの脇道があり、そこで四人一組になった鉱夫たちが土を掘り返して作業に勤しんでいた。

私たちを見ると、手を止めて挨拶をしてくれる。

「鑑定士のオードリー・エヴァンスです。取引のため視察に参りました」

丁寧に挨拶をすると、なぜか拍手された。

「鑑定士様？　そんな丁寧に挨拶していたら日が暮れますぜ」

「ああ、そうなのですね。すみませんでした」

「ですが、部下も喜んでいるようです。鑑定士様がわざわざ下っ端にまで挨拶をするなんて聞いたことがありませんからな。気が向いたらまたお願いします」

「そういうことでしたか……失礼いたしました」

「いいんですよぉ！　良い鑑定士様が来てくださって、案内しているこっちも鼻が高いですぜ」

鉱夫長さんが革手袋を装着した指で鼻の下をこすっている。

なんでも丁寧にすればいいわけでもないのか。これも勉強になる。ミランダ様にも真面目すぎと言われているからね……。自分だと気づけないことも他人に言われると大きな気付きになる。

「旦那。鑑定士様を嫁にもらったらどうですか？　美人で真面目な鑑定士様なんぞ、めったにお目にかかれませんよ。あー、でも、こんなイケメンの魔道具師様がいたら無理かぁ～」

鉱夫長さんが悪気なく、場を和ませようと笑っている。

ああ、鉱夫長さん。

場の空気が気まずくなっています。果てしなく。

もしやこの方、空気が絶望的に読めない人なのかもしれない。

ゾルタンは複雑そうな表情を作って、軽く肩をすくめた。

すると、ドール嬢が「点数稼ぎしやがって」と私にカンテラの光を浴びせてきた。目が痛い。顔をそむけても、ドール嬢がついてくる。

「あの、眩しいです」

「わたくしの輝きですわ」

「それはもう、ドール嬢はお美しいです」

「よくわかってるじゃない。わたくし、〝金剛石《ダイヤモンド》〟よりも綺麗なの。おわかり？」

「あの、お言葉ですが〝金剛石《ダイヤモンド》〟より、というのはいささか誇張表現ではないでしょうか？　すべての鑑定士が認める〝金剛石《ダイヤモンド》〟の輝きは人工的に作れるものではありません。ブリリアントカットが発明されてから、〝金剛石《ダイヤモンド》〟の潜在能力が限界まで引き出され、美術的価値と魔道具としての有用性は他の魔宝石の追随を許さない唯一無二のものとなりました」

つい熱くなって説明すると、ドール嬢がカンテラを下げ、鳩が豆鉄砲を食ったような表情になり、その数秒後、渋い顔つきになった。

「あなた、ほんっとうにうるさいわね……。事務所でも暇があれば魔宝石の本を読んでいたから、そんな憎たらしい説明ができるようになったのかしら。いやだわ」

そう言いながら、またドール嬢がカンテラをこちらへ向けてくる。

「あの、そろそろ、カンテラを下げていただけませんか？」

私がお願いすると、見かねたのかレックスさんが間に入ってくれた。光が遮られる。

「……今に見てなさいよ。このあと、あんたは……」

ドール嬢は坑道に響くほどの舌打ちをして前に進もうとし、傭兵の二人に止められた。

ドール嬢のいたずらは少し嫌だけれど、あんなことをされてもあまり心に響いていない自分に感心してしまう。昔だったら、とても嫌な気分になっていた。それが今は、あまり心が動かない。人として成長したのかもしれないし、立場が変わったおかげかもしれない。心が強くなったと思っていいのだろうか。

傭兵お二人の言葉で隊列を組み直し、坑道の奥へと進んでいく。

途中で作業をしている鉱夫の方々とすれ違うので、軽く挨拶をするに留めておいた。

皆さん仕事熱心な方で、挨拶も力強い。こういった力仕事がメインのお仕事だと、コミュニケーションも大切だ。挨拶一つもしっかりされている。

「美人な鑑定士様のおかげで現場の士気が上がってますよ！」

鉱夫長さんはお世辞がお上手である。

人の上に立つ役職の方は細やかな気配りができるのだろう。ちょっと空気は読めないけれど。

さらに四十分ほど進むと、坑道は道幅が狭く、天井も低くなってきた。

魔力が滞留しているせいなのか空気が重くなっている。

「この先がメインの坑道です。ただ、古い坑道とつながっていて、そこから魔物が出てくるんで注意してくだせえ」

「魔物だ！　数、三！」

鉱夫長さんが言ったそばから、女性の傭兵さんが警戒を呼びかけた。先頭にいた彼女がレイピアを抜いて構える。

男性の傭兵も剣を構え、鉱夫長が私たちに壁際に寄れと指示を出す。レックスさんはいつでも抜剣できるように剣の柄を利き手で握った。ゾルタンは黙って腕を組んでいる。

私も念のため、バッグから鉱物ハンマーのハムちゃんを取り出した。

「私の代わりに食われなさいよ！」

ドール嬢が私の背中に隠れた。

薄暗い坑道の奥から緋色コウモリが二匹飛んできた。血に濡れたような色合いをしている不気味なコウモリで、羽を広げると一メートルほどの大きさだ。人を襲うことから魔物扱いされている。

魔物図鑑に載っていたけれど、実際に見るとグロテスクな見た目だ。

思わずハムちゃんを握る手に力が入る。

「気持ち悪いぃぃぃ！　早くどうにかなさい！」

ドール嬢が悲鳴を上げると、蝶々のような不規則な動きで迫っていた緋色コウモリ二匹がこちらを標的にしたのか、天井にぶつかる既の所まで上昇し、急降下してきた。

「きゃあああああああっ！」

「チッ」

それと同時に傭兵の二人が壁を蹴って緋色コウモリに肉薄し、華麗とも呼べる体捌きで羽を切り落とした。

緋色コウモリの一匹が錐揉《きりも》みをしてべちゃりと壁に激突する。

「一匹行ったぞ！」

男性の傭兵が叫ぶと、レックスさんが魔道具の腕輪を操作して魔法障壁を作り、緋色コウモリの突撃を止めた。

「きゃあ！　きゃあぁぁっ！」

間近で見たドール嬢がさらに悲鳴を上げて私のスカートを引っ張る。ついでにゾルタンの手も引っ張っているようだ。

緋色コウモリが怖いよりも、ドール嬢の金切り声がうるさすぎて耳が痛い。

いつでも精霊魔法を唱えられるようにしていたけれど、レックスさんが魔法障壁にくっついている緋色コウモリを地面に叩きつけ、抜剣して額を突いた。びくりと緋色コウモリが震え、動かなくなる。

前方にいる傭兵の二人は羽を切り落とした緋色コウモリにとどめを刺し、迫っていたもう一体の魔物を処理していた。

見ると、甲虫モグラという背に甲羅のようなものを形成し、身体はモグラ、髭が昆虫と同じ多関節という、奇妙な魔物が地に伏していた。

「ハズレか」

「一メートルもない。この大きさじゃなぁ」

男性の傭兵が、甲虫モグラの腹を割いていた。

甲虫モグラは鉱石や魔宝石を食べる魔物で、魔宝石を取り込んで体内に溜めておくことがある。

魔宝石を取り込んだ個体は身体が大きくなる傾向があった。

取り込まれた魔宝石は、甲虫モグラの体内で再形成され、魔力をふんだんに溜め込んだ高級な魔宝石に生まれ変わることが稀にあった。

傭兵の二人は魔宝石が体内になくて残念がっていた。私も残念だ。

「あ、あ、あんたたち何してるの！　気持ちわるいからやめなさい！」

二人はドール嬢の言葉を無視し、甲虫モグラを丁寧に処理して、通路の脇に避けた。

魔物処理を専門とした班があり、こうしておけば巡回に来た人が野外へ運び出してくれるそうだ。

傭兵の二人は胸ポケットから小瓶を出して魔物避けの液体を振りかけていた。気休めでも多少は臭いが抑えられるそうだ。

「鑑定士様はさすが肝が据わっている。それに比べて……ふう」

鉱夫長さんが私とドール嬢を見て、わかりやすくため息をついてみせた。

ドール嬢が顔を真っ赤にする。

「ドール嬢、あれは悲鳴を上げても仕方ありませんよ。私も図鑑で何度か見ていましたけれど、正直言って不気味でした」

「うるさいわね！　話しかけないで」

私の支援もむなしく、撥ね除けられてしまった。

「おい女。不用意に叫ぶな」

傭兵の男性がドール嬢に対して苦言を呈した。

「……でも、あんなに気持ち悪いなんて」

「でも、じゃねえ。これ以上迷惑をかけるな。黙ってついてこい」

「……ふん。何を偉そうに……」

ドール嬢がそっぽを向く。

傭兵がゾルタンを見たけれど、彼が首を小さく横に振ったので、傭兵の男性と女性のほうも仕方ないと思ったのか進路に向き直った。

その後、魔物は出ず、十分ほどで最深部の現場に到着した。

煌々と魔道具によって照明がたかれ、二十名ほどが採掘作業に勤しんでいた。

円形の広場になっており、壁が四つほど掘られて奥へと走っている。迷路の入り口みたいにぽっかりと四つ穴が壁に空いているのはホラー小説も顔負けの不気味さだ。

どうやら、四つのうち一つが新しい坑道になっているようで、鉱夫たちが出入りしていた。

「おおい！　旦那と鑑定士様が視察にいらっしゃったぞ！」

鉱夫長が声をかけると、全員が一斉に作業を止めて広場に戻ってきた。鉱物ハンマーの音が鳴り止み静かになる。

ゾルタンが一歩前へ出た。

「皆、精が出るな。今回は〝楔石《スフェーン》〟の質を確認するために鑑定士が来てくださった。……大切な取引相手だ。粗相のないよう頼む」

ゾルタンがぴくりと頬を震わせたあと、私を紹介してくれた。私を認めたくないけど、仕方がないと言いたげな表情だ。

「ご紹介にあずかりました、Dランク鑑定士のオードリー・エヴァンスと申します。貴重なお時間を頂戴いたしまして誠にありがとうございます」

丁寧にカーテシーをすると、熱い拍手が返ってきた。

皆さん、いい方だ。

「では作業に戻ってくれ！　採掘した〝楔石《スフェーン》〟はどこだ？」

鉱夫の一人が樽に入った鉱石の山に誘導してくれる。

鉱夫長さんがこちらですと言わずとも、私は誘蛾灯に惹かれる虫のように、お宝の山へ引き寄せられた。

しゃがみ込んで、ジュエルルーペを取り出し、山盛りになっている鉱石をつかむ。

未処理の〝楔石《スフェーン》〟は母岩に取り込まれるようにして、ひょっこりと顔を出している。石のベッドに包まれて眠っているようだ。たまらなく可愛い。

早速、鑑定してみる。

「これは当たりですね！　〝楔石《スフェーン》〟の中では魔力含有率が高いです」

母岩の中にはまだ〝楔石《スフェーン》〟が入っていそうなので、ハムちゃんで叩いて慎重に母岩を削り取る。すると、三つほど〝楔石《スフェーン》〟が入っていた。

「これはこれは……！　うん。うん。三つとも魔力が内包されております。鉱石ではなく魔宝石ですね。こちらの二つは懐中時計に使えるでしょう」

近くにいたレックスさんへ持っていた母岩を渡して、樽から別の母岩をつかんだ。

「こちらは残念ながら魔力がないようですね。母岩の色合いがややくすんで見えます。魔力がうまく取り込まれなかったのでしょうか？　もう一つ見てみましょう。あ、不要な鉱石はこちらに置いておきますね。いちおう観賞用として使えるので廃棄するにはもったいないですから」

魔力がない鉱石を端に除けて、さらに樽から母岩を取った。

若草のような美しい色合いの〝楔石《スフェーン》〟が顔を出している。これは期待できそうだ。

それから夢中になって鑑定をし、使えそうな〝楔石《スフェーン》〟を選り分けていると、肩を優しく叩かれた。

「オードリー嬢……もういいのではないか？」

「はい？」

振り返って見上げると、今にも苦笑しそうな無表情のレックスさん、鉱夫長、呆れ顔のゾルタン、

面白そうに見守っている鉱夫の方々がいた。

あれ、そんなに時間が経っていた？

樽を見ると山盛りだった母岩がすっかりなくなっていて、魔宝石と鉱石が左右に選り分けられて積み上がっていた。

これは……また夢中になってしまったようだ。美容室の二の舞である。

「……申し訳ございません……つい、楽しくなってしまいまして……」

「鑑定士様は石が好きなんだなぁ」

鉱夫長さんが生暖かい目を向けてくる。

黙っていたゾルタンが何度か咳払いをし、空気を変えた。

「視察の結果は？」

「あ、はい。問題ございません。鉱脈もまだまだ残っているかと思うので、契約内容の変更はせず、継続いたしましょう」

「そうか」

ゾルタンがうなずいた。

視察の結果、鑑定士から太鼓判を押されるというのは、鉱山の評判の向上につながる。

カーパシー魔宝石商の〝楔石《スフェーン》〟はこれでしばらく安泰だろう。鉱夫長や他の鉱夫たちも安堵した様子だ。

それから、念願の〝蛋白石《オパール》〟の原石を見せてもらった。

渓谷鉱山のメインとなる魔宝石だ。

色合いがやや青みがかっており、質のいいものは光に当てると虹のような美麗な遊色を見せてくれる。

私がしばらくの間、鑑定していたので、他の面々は休憩を取っていた。

「陰気女。これをあげるわ」

ドール嬢が私の持っていた母岩をひったくり、代わりに赤黒い石を手に置いた。

「なんでしょうか？」

これって……魔物寄せの魔宝石？

「死にはしないから頑張ってね」

ドール嬢がそう言い残して、円形の広場を走り、もと来た坑道を駆けていった。

それに気づいたゾルタンがドール嬢の名前を呼びながら追いかけ、傭兵の二人も雇い主がいきなり走り出したので、持っていた携帯食料を放り投げてそれに続いた。

作業員の中にいた魔道具師と話していたレックスさんが、こちらに駆け寄ってきた。

「オードリー嬢、それは？」

「急にドール嬢から渡されて……」

「魔物寄せの魔宝石ではないか。破壊は……無理か。手遅れのようだな」

レックスさんが明滅する魔力寄せの魔宝石を見て、腰に佩いている剣を抜いた。

円形広場の一番奥にある廃道から、何かが迫る音が響いていた。

II

「甲虫モグラだ！」

「大量に来てやがるぞ！　廃道だ！」

異変に気づいた鉱夫たちが叫ぶと、別の鉱夫が金属板をハンマーで叩いた。

カンカンカンと異常を知らせる警戒音が坑道に響く。

訓練された鉱夫たちがハンマーや剣を持って廃道の入り口に駆け寄り、四人一組になって列を作った。

廃道の横幅は馬車がすれ違えるほど大きい。

鉱夫長が〝蛍石《フローライト》〟を廃道に投げ込むと、大量の甲虫モグラが奥から進んでくる姿が浮かび上がった。私を含め、うっ、と皆が声を上げる。ざわざわと気味の悪い足音の集合体が廃道に反響して広場まで聞こえてきた。

「傭兵はいねえのか?!」

「ゾルタンの旦那と事務員女を追いかけて行っちまったよ！」

「俺たちでやるしかねえな。足が速いやつ、急いで応援を呼んでくれ！」

指揮を執る鉱夫長が指示を出すと、若手の鉱夫が装備を外して走り去っていった。

「鉱夫長様、申し訳ありません。こちらのせいかと思われます」

私が手に持った魔物寄せの魔宝石を見せると、鉱夫長がぎょっとした顔になった。

「な、なんでこんな物騒なもんを?!」

「ドール嬢に渡されました。おそらく、私の邪魔をしたかったのだと思います。詳しくは後ほどお話しいたします」

「あいつは余計なことしかしねえなぁ」

鉱夫長さんが大きなため息をついて魔宝石を見る。どうやら、甲虫モグラを引き寄せる効果を発しているようだ。鉱夫長が触れようとすると、役割を終えたせいなのか、魔宝石は砕け散った。

鉱夫長は顔をしかめたけれど、すぐに表情を真剣なものに変えた。

「鑑定士様はお逃げください。甲虫モグラはそんなに危険はないですが、魔宝石を喰らいやがります。あいつらは俺たちの敵だ。限界まで食い止めますよ」

鉱夫長はちらりと採掘した魔宝石の山を見る。

採掘された〝蛋白石《オパール》〟、〝虎目石《タイガーアイ》〟、〝琥珀《コハク》〟、そして〝楔石《スフェーン》〟が樽に分けられて、運び出されるのを待っていた。あれの半分が魔宝石だとすると、最低でも原価で二千万ルギィにはなるだろう。放棄するのは惜しい。

何より、魔宝石が食べられてしまうのは可愛そうだ。

廃道を見ると、甲虫モグラが迫ってきている。

数えるには目が痛くなりそうな大群だ。

「鑑定士様、逃げてください」

その場を動こうとしない私に、再度、鉱夫長さんが強く言う。鉱夫たちが私を守るようにして前に出た。

すると、隣にいたレックスさんが魔道具の入っているトランク型の鞄を地面に下ろし、目配せをしてきた。

「魔宝石が可愛そう、か？」

『ご令嬢のお気に召すまま』に出てくる魔道具師のように、レックスさんが冷静に確認してくる。

どうやら、私の考えはお見通しのようだ。

「ですね」

「坑道を破壊しない魔法はあるか？」

レックスさんが質問をすると、クリスタが空中に現れた。

『あるよ～！　あれがいいんじゃない！　重力の魔法～』

休日、庭で練習した魔法の中に重力魔法があった。

私がうなずくと、レックスさんが鞄を素早く開いて、筒状の魔道具を甲虫モグラの大群へ向けた。

「魔道具か!?」

「時間稼ぎをする」

鉱夫長さんの声と同時にレックスさんが答え、筒状の魔道具を発動させた。

透明の液体が飛び出して、甲虫モグラの先頭集団が水濡れ状態になった。二秒ほどで液体が一瞬で銀色に変化し、甲虫モグラが二十四ほどひとかたまりになって凝固し、その後方にいた集団がそれを乗り越えようとして液体に触れ、脚が固まる。

先頭集団が二段重ねで固まったことにより壁の役割を果たし、甲虫モグラの行進が止まる。

両端の隙間からこちらに這い出てこようとするけれど、うまくいかず、もぞもぞと向こう側で蠢《うごめ》いていた。

「凝固の効果を持った魔宝石〝水銀《ハイドロジラム》〟にラージスライムの液体を混ぜた代物だ。レンガより硬く凝固する」

「おお！」

「兄ちゃん、やるな！」

鉱夫たちから歓声が上がる。

〝水銀《ハイドロジラム》〟は常温でも液体として存在できる貴重な魔宝石だ。ラージスライムの液体と合わせると特殊な反応を起こすのかもしれない。

「もう一発頼む！」

「品切れだ」

レックスさんが首を振り、銀色に凝固した甲虫モグラを指差した。

「連中、仲間を踏み台にして上ってくるぞ」

その言葉に鉱夫長が即座に考えを切り替えた。

「よぉしお前たち！　甲虫モグラは腹が弱点だ。上ってきたところをひっくり返してハンマーでぶっ叩け」

鉱夫たちが「おう」と応えて、駆け出そうとする。

「待ってくれ。オードリー嬢、魔法を」

「わかりました」

レックスさんにうなずいてみせ、ハムちゃんを構えて鉱夫たちの前に出た。

「魔法を撃ちます！　万が一、撃ち漏らした場合は対処をお願いいたします！」

「鑑定士様?!　攻撃魔法が使えるんですかい！」

「自衛する程度の魔法です。あまり期待しないでくださいませ」

レックスさんが、自衛程度で土竜は真っ二つにはならないだろうと言いながらも、別の魔道具の準備をしている。

『オードリー、早く撃とうよぉ～』

凝固した甲虫モグラの壁を乗り越え、今にも別の甲虫モグラがこちらに這い上がろうとしている。

『了解』

四つ重ねがけだと坑道が木っ端微塵になりそうなので、三つにする。

大丈夫。落ち着いて言霊《ワード》を唱えよう。

足止め優先。魔力は低めで……。

「――【重力の檻よ《イオヌコリユン》】【敵を《オフオテ》】【拘束せよ《シユヌーレ》】！」

廃道にハムちゃんを向け、精霊魔法を放った。

ちょうど甲虫モグラが銀の壁を乗り越えて一斉に飛び出してきた。

赤い目と鋭い牙が一斉に殺到する。

あまりの迫力に気圧され、ハムちゃんに大量の魔力を流し込んでしまった。

「オードリー嬢！」

レックスさんが私を守ろうと声を上げると同時に、ハムちゃんが光り輝いた。

地獄に跋扈《ばっこ》する魔獣の唸り声のような重低音が響き、飛び出してきた甲虫モグラの群れが一瞬で地面に叩きつけられる。

ズンと鈍い音が響いて凝固した銀色の壁を粉砕し、甲虫モグラの大群がなすすべなく地面にめり込む。さらに、まばたきもできないうちに廃道の地面が地盤沈下したように一メートルほど沈んだ。

不快な音を立てて進んでいた甲虫モグラの行進音がぴたりと止み、周囲はしんと静まり返った。

よく見ると、廃道のずっと奥まで地盤沈下が起きていた。

これは……やりすぎじゃない……？

『たくさん魔力を使ったね。オードリー、やっぱり才能があるよ！』

クリスタが嬉しそうに飛んでいき、『奥まで重力でへこんでるよ～』と笑っている。

私は妙にいたたまれない気持ちになって、静かにこちらを見つめている皆さんを振り返った。

「ふう……たまたま、上手くいったようですね。今日は早起きをしたので……調子が良かったのかもしれません」

レックスさんはやっぱりね、という目で私を見ており、鉱夫長さんは目を点にして口をあんぐりと開けている。鉱夫たちも全員ぽかんとしていた。

魔法で悪目立ちしたくないのに、どうしていつもこうなってしまうのか……。

「オードリー嬢はいずれ伝説になる鑑定士で、魔法も得意だ」

レックスさんが自分のことのように、胸を張る。

ちょっと面白がっている気がするけれど……無表情だから考えていることが微妙にわかりづらい。

鉱夫長さん、鉱夫たちが「おお！」「凄い！」「鑑定士様！」と拍手をし始め、口々に私を褒め称えた。

皆さんのお役に立てたのは嬉しい。でも、廃道に続く惨状を自分がやったと思うと、恥ずかしさと焦りでよくわからない変な汗が出そうだった。

しばらくして場が落ち着き、鉱夫長が音頭を取って、鉱夫たちと廃道の甲虫モグラを処理していくことになった。

私とレックスさんも手伝うことにし、甲虫モグラが埋まっている廃道へと入っていく。

すると、奥のほうに巨大な物体が見えた。

「レックスさん、あれって」

「甲虫モグラの群れのボスかもしれないな」

「あの大きさなら魔宝石が体内にあるかもしれません」

居ても立ってもいられず走り出し、大型の甲虫モグラを検分する。

周囲に埋まっている甲虫モグラよりも三倍ほど大きい。重力魔法で全身が埋まりきらず、甲羅と腹が地上に出ていた。

様子を見るべく鉱夫長さんもやってきたので、私の魔法でボスを浮かせて解体していただいた。

すると、拳ほどの大きさの魔宝石が体内から出てきた。

付着した血を丁寧に拭き取り、ジュエルルーペで覗き込む。

「〝蛋白石《オパール》〟と〝琥珀《コハク》〟が入り混じった特殊な魔宝石です！　魔力も内包されておりますね。これはかなりの価値がある魔宝石ですよ！」

レックスさんを見ると、無表情ながらも嬉しそうにうなずいた。

「よかったな。十個まで持ち出していい契約だ。まずは一つ目、というところか？」

「ですね！　いやぁ～、来てよかったですねぇ！」

嬉しくなって鉱夫長さんや鉱夫さんたちにも見せて回る。

彼らも喜んでくれた。

私が討伐したので、権利を主張する人もおらず、契約の話もしたので問題はなさそうだった。

あまりに興奮したので、鉱夫長さんが呆れている気がしないでもない。

その後、魔宝石をハンカチに包んでバッグにしまい、甲虫モグラの処理をお手伝いする。

十五分ほど処理をしていると、坑道から悲鳴が聞こえてきた。

「誰かぁぁぁ！　これをどうにかしてぇぇ！」

悲鳴が坑道にこだまし、徐々に近づいてくると、広場にドール嬢が飛び込んできた。

ドール嬢のスカートに甲虫モグラが噛み付いており、ドール嬢はスカートが脱げないように必死で押さえながら走って甲虫モグラを引きずり回していた。

「……ドール嬢？」

「陰気女！　あんたのせいよ！　どうにかなさいぃぃ！」

おそらく、甲虫モグラはドール嬢の身につけている魔宝石を狙っているらしい。つけているネックレスがそれかもしれなかった。

続いて、息を切らせたゾルタンが広場に駆けてきた。剣を片手に呼吸を整える。

「ドール嬢……ハァ、ハァ……落ち着け。甲虫モグラの狙いは魔宝石だ……」

「気持ち悪いんですのぉぉぉ！」

ドール嬢は半泣きの状態で広場を走り回っている。

この場にいる全員が呆れ顔でドール嬢を見ていた。

「待っていろ！　いま助ける……！」

ゾルタンが剣を構え、ドール嬢のスカートに噛み付いている甲虫モグラに狙いを定める。

タイミングをあわせて剣が振られるが、甲羅に当たり、弾き飛ばされる。甲虫モグラの背は剣を弾く硬度だ。

ゾルタンは使い慣れていないのか、剣を取り落とした。

「仕方ない」

見かねたレックスさんがドール嬢に駆け寄って腕をつかみ、甲虫モグラを蹴り上げて、見事な抜剣術で弱点である腹を切り裂いた。

ゾルタンが悔しそうに自分の剣を拾い上げる。

ようやくスカートから甲虫モグラが離れ、ドール嬢は地面にへたりこんだ。

「ハア……ハア……まったく……全部陰気女のせいですわ」

すると鉱夫長と鉱夫たちがドール嬢を取り囲むようにして見下ろした。

「な、なんですの？」

「あんたが鑑定士様に魔物寄せの魔宝石を渡したのを見たってヤツがいるんだよ。こいつと、こいつだ」

親指で差された鉱夫二人が黙ってうなずく。

「何を証拠に！」

「事務所に保管してある魔宝石を自由に持ち出せるのは事務員くらいだ。違うか？」

「……」

黙り込むドール嬢。

驚いたゾルタンに向かって、鉱夫長が片眉を上げた。

「旦那、さすがに罰ナシってのは許されませんぜ。この女は問題ばかり起こしやがる。家が大金持ちなのは知ってますが、やっていいことと悪いことの分別くらいはつけさせねえと」

ゾルタンが視線を向けると、ドール嬢は静かに目をそらした。

その反応を見て、ゾルタンは黒だと思ったらしく、深い溜め息をついた。

「ドール嬢」

「……なんですの？　別に私は悪くありません。元はと言えば、そこの陰気女がレックスさんを連れ回し、良い馬車で渓谷鉱山に来たのが悪いのです。調子にノリすぎですわ」

「そんな理由で危険な魔宝石を持ち出したのか？」

「私は悪くありませんわ！　調子に乗っている人間をこらしめるのは当然のことです！」

鉱夫長、レックスさんがこれは話にならないと、首を振っている。

ゾルタンは私が何を考えているのか、探るように見てきた。

「カーパシー魔宝石商の事情です。私は訴えたりしませんのでそちらで処理していただければと思います。希少な魔宝石も手に入りましたから」

「甲虫モグラから出たのか？」

「はい。こちらです」

バッグから魔宝石を取り出した。

ゾルタンがほうと感心した声を上げ、ドール嬢が顔を寄せてきた。

「なぁに、美しい魔宝石じゃないの。私にも見せなさいよ」

「構いませんけれど……」

「もったいぶるんじゃないわよ。美しい魔宝石は美人にこそ相応しいわ」

ドール嬢が私の手から、ひょいと魔宝石を取り上げてうっとりと見つめた。

「あら、〝蛋白石《オパール》〟かしら」

「そちらは〝蛋白石《オパール》〟と〝琥珀《コハク》〟が入り混じった特殊な魔宝石です。甲虫モグラの体内で生成されたもので、滅多に出ることのない貴重なものですよ。おそらく、ボスは数十年は生きている個体だったはずです。魔宝石卿の図鑑にも記載がございました。あ、付着していた内臓や血は拭き取りましたのでご安心を」

「な、内臓！　血！」

ひいと悲鳴を上げてドール嬢が魔宝石をこちらへ放り投げる。

あわてて両手でキャッチした。

「〝蛋白石《オパール》〟は取り扱いに注意ですよ！　それでも元鑑定士ですか?!」

「うっ……うるさいわね！　そんな汚いものわたくしに持たせるんじゃないわよ！」

見るに見かねたゾルタンがドール嬢の両肩をつかんで回れ右をさせ、鉱夫たちに向き直らせた。

「ドール嬢。今日から半年間、早朝五時に起きて町全体の掃除をしろ。お父上から届いている化粧品、魔道具はすべて没収。今後も半年の掃除が完了するまで使用を禁止。これを罰とする」

「は？　何をおっしゃっているのかわかりませんわ」

「皆、すまなかった。我々はこれで失礼する。軽い罰かもしれんが、あまり重いと先方からクレームが飛んでくる。わかってくれ」

「離してっ。やめて」

ゾルタンが無理やりドール嬢の頭を下げさせる。

「オードリー……嬢もすまなかった。その寛大な心に感謝する」

私とレックスさんに向かって、ゾルタンとドール嬢が頭を下げた。ドール嬢は強引に下げさせられた形だったけれど、もやもやが少しスッキリした気分だ。

ただ、謝罪よりも貴重な魔宝石を手に入れたことのほうが嬉しくて、ほとんど気にならない私は業が深いのだろうか。

「オードリー嬢は魔宝石があればすべて解決するな」

レックスさんが私と魔宝石を見てそう言った。

宙に浮かんでいたクリスタも、同意するようにうなずいていた。

12

その後、甲虫モグラの処理を魔法で手伝い、大変に感謝された。残念ながら体内に魔宝石を保有していたのはボス級の個体のみだ。

ドール嬢はモップを持たされ、鉱夫長に言われるがまま坑道内の掃除の手伝いをさせられ、そのあと休みなく町の掃除に行かされていた。腕が痛い、脚が痛い、ロイヤルミルクティーが飲みたいと叫んでいたけれど、あれだけ迷惑をかけたので致し方ないと思う。

十分に落ち着きを取り戻した坑道で、私は〝琥珀《コハク》〟の採掘を体験させてもらった。

楽しくて駄目と言われるまでやり続けてしまい、気づけば夕方になっていた。

ゾルタンは一時間ほど私の行動を見ていたけど、仕事があるのか、待ち疲れて途中で帰ってしまった。

一方、レックスさんは〝水銀《ハイドロジラム》〟魔道具を使った請求書をきっちりとゾルタンに渡し、破片になった凝固物を解析していた。次の改良に役立てるそうだ。

坑道から出る際、案内役をずっと買って出てくれた鉱夫長さんからは、こんなに熱心に採掘をする鑑定士様も珍しいですよと言われてしまった。喜んでいるみたいだったから、良しとしておこう。

手配された旅館に一度戻り、普段着に着替えた。

『重力魔法、面白かったね〜。またやってね』

私が魔法を使ったからか、クリスタもご満悦だ。

自室から出て、旅館のロビーでクリスタの宙返りを見て待っていると、レックスさんがすぐにやってきた。

町で一番の料亭に招待されたため、二人で行くことにしたのだ。

レックスさんは視察のときとは違い、若干ラフな出で立ちになっていた。

艶のあるブラックシャツに、金ボタンがアクセントになっているダブルピースのカジュアルジャケット。普段からネクタイをつけているので、ネクタイがないだけで新鮮だった。魔道具師の代名詞とも言える魔算手袋《エディトグラブ》も今はつけていない。

貴族が来訪する場合も考慮して作られた高級旅館のロビーに負けていない、スタイリッシュな着こなしだ。彼がいるだけで、ロビーが華やかな空間になったようにも思えた。

レックスさんがロビーに入ると、旅館の従業員の視線が一度、すべて彼に移動した。目の覚めるような美麗な顔立ちと立ち振る舞いは、どこに行っても女性の心を摑んで離さないようだ。

「待たせたか？」

「今来たところなので大丈夫ですよ」

私たちが軽く言葉を交わすと、なぜか若い従業員の女性がキラキラした目線で拍手をしていた。音を出さない拍手だ。

首をかしげると、彼女がなんでもありませんと、あわててお辞儀をしてくる。

レックスさんが素敵すぎる、と言いたいのだろう。王都でも彼はいつもこんな感じに目立っている。日々、苦労しているに違いない。

従業員に見送られ、夕暮れの町に出る。

渓谷に沿って上流に向かうと料亭があるそうだ。

舗装された石畳の道を歩けば、二人の靴音が響く。

切り立った渓谷を見ると、川に生える細長いアーシと呼ばれる植物が水面に揺られて、ふらふらと切っ先を変えている。水は静かに下流へと流れ、砂の盛り上がった箇所で橙色の夕日を浴びて光の形を大きく変化させ、またなめらかに輝いた。

川を囲んでいるむき出しになった渓谷の地層は、ミルフィーユのように幾重にも重なり、まだ見ぬ鉱石たちを覆い隠している。数千年の大いなる歴史を感じることができた。

隣を見れば、レックスさんが物静かに歩いている。

彼も渓谷を見ているようだった。

よく恋愛小説に書かれている、無言でも苦にならないのは相性が良い証拠、という言葉があるけれど、こういった空気のことを言うのだろうか。もっとも、私がレックスさんとどうこうなる未来などない。婚約は一回で十分だ。父さんには申し訳ないと思うけど、私は一生独身だろう。

もう一度、渓谷の地層を見る。

地層の断面に琥珀らしき鉱石がキラリと見え、先ほど採掘した鉱石が思い浮かんで、バッグから取り出した。

レックスさんに見せると、彼が視線を移した。

「この琥珀、原生生物が化石虫になっているんです。魔力は内包されておりませんが、素晴らしい鉱石なんですよ。観賞用としても学術研究用としても価値が非常に高い一品ですね。数千年前の生物でしょうかね？」

ベッコウ飴のような透き通った琥珀を光源魔法にかざしてみると、中には美しい羽を持つ蝶のような生物が化石になっていた。先ほど、坑道で採掘したものだ。

「オードリー嬢、その話、三回目だぞ」

「あ……そうでした、かね？　申し訳ありません」

「よほど嬉しかったのだな」

「子どもみたいに言わないでください」

鉱夫長さんや鉱夫さんたちにも見せていたから、誰に何回話したのかわからなくなっていた。レックスさんは話しやすいからつい話題を振ってしまう、というのもある。

「祖母が喜びそうな話題提供に感謝する」

レックスさんが冗談のつもりか丁寧に礼を取った。

「あの……恥ずかしいのでミランダ様には言わないでください。いい年をして鉱石ではしゃいでいるのは、立派な鑑定士像とは程遠い気がします」

「善処する」

「それ、絶対に言うときの返答ですよね？」

そんなことを話していると、料亭が見えてきた。

茅葺き屋根を使った珍しい建物で、入り口は完璧に掃き清められており、かがり火がたかれていた。

私たちが暖簾の前に来ると、いつから気づいていたのか音もなく女性店員が現れて、染み渡る笑顔で出迎えてくれた。

「ようこそお越しくださいました。ダニア渓谷、料亭アジサイの女将をしております、キキョウと申します」

父と仲が良かったジョージさんと同じ最東国ご出身であろうキキョウさんが、流麗な動作で一礼してくださった。黒髪を後れ毛一本もなく見事に結い上げ、着物と呼ばれる情緒あふれる服装に身を包んでいた。

「お足元にお気をつけくださいませ」

店内に通されると、王都にはない自然と調和した趣に感動してしまう。

計算された配置で植林されたモミジや新葉樹林、中庭には渓谷から引き込んだのか、小さな川が作られており、心地良いせせらぎが聞こえていた。

「こちらでございます」

案内された部屋は、渓谷に張り出すようにして作られた野外の席だった。

眼下に流れる川を楽しみながら、食事ができる趣向なのだろう。風が気持ちいい。

テーブルの中心には囲炉裏があり、砂がしかれて炭が赤くなっていた。

囲炉裏は綺麗に磨かれた銅板を真四角に形成してテーブルにはめ込まれている。

向かい合って席に座り、眼下の渓谷を見てみると、〝蛍石《フローライト》〟が入った提灯《ちょうちん》が崖に点々とぶら下がっており、情緒ある景色を演出していた。

レックスさんも興味深そうに下を見ている。

「納涼床と呼ばれる当店自慢の席でございます。渓谷との距離が一番近い場所に設計され、建造されました。ありがたいことに、かの有名な魔宝石卿もお越しになったことがございます」

「魔宝石卿もいらっしゃったのですか。それは凄いですね」

思わず声を上げてしまった。

キキョウさんが笑顔を絶やさずにうなずいた。

「閣下はしきりに〝黒蛋白石《ブラックオパール》〟についてのお話をされておられました。渓谷鉱山のどこかにあると噂され、五百年が経っておりますから、伝説となっております」

「ぜひ後ほど、〝黒蛋白石《ブラックオパール》〟についてお聞きしたいです」

「左様でございますか。鑑定士様は魔宝石が大変にお好きな方で、採掘も大変熱心にされておられたと、鉱夫長からお伺いいたしました。浅学ではございますが、わたくしの知っている範囲でお話しさせていただきたいと存じます」

彼女が丁寧に一礼する。

さらっと私が魔宝石大好き人間だとバラされていた。鉱夫長さん、悪い人じゃないけど自重というものをしてほしい。

「まずは料理を準備させていただきます」

キキョウさんが静々と頭を下げて部屋を一度出ると、陶器に載せた串に刺さった川魚を運んできて、私たちに見せてくれた。

「つい先ほど釣り上げたダニア渓谷のシロアユでございます。背中と尻尾が白みがかっておりまして、神の使いとも呼ばれたこの時期にしか取れない貴重な川魚です」

「綺麗な魚ですね」

王都などで食べられる川魚と違い、表皮がつるりとしており、お腹がぷっくりと膨らんでいる。全体的に白く、高貴な印象を受けた。

次にキキョウさんは串に刺さったシロアユを、テーブルの中央にある囲炉裏の砂へと丁寧に刺した。

「炭火で二十分ほどじっくりと焼きますと、風味が閉じ込められてふんわりとした焼き具合に仕上がります。こうして口を開けて串を刺しているのは、頭の水分が抜けやすくなるからです。エラ付近の胆嚢《たんのう》は丁寧に取り除いておりますので、女性が苦手な苦みも少なくなっております。ご安心ください」

炭火にあぶられているシロアユを右手で指し示し、キキョウさんが私に向かって微笑んだ。

「勉強になります」

「とんでもございません。鑑定士様はこういった説明がお好きではないかと鉱夫長が仰っておりましたので、お話しさせていただきました。煩わしいようであれば省略させていただきますが、いかがなさいますか？」

「ぜひ説明もお願いします。色々と知ることは楽しいので、お聞きしたいです」

鉱夫長さんはお節介焼きな方だ。あのお人柄だと、渓谷にお知り合いがたくさんいらっしゃるのだろう。

「承知いたしました。それでは、焼き上がりを目で愉しんでいただきながら、料理をご堪能くださいませ」

「ありがとうございます。こんな素敵な場所にお料理……凄いですね」

感心していると、レックスさんも囲炉裏を覗き込んで、キキョウさんの説明に感心していた。

飲み物は、キキョウさんお勧めのダニア清酒という米で作られたお酒を注文した。

レックスさんも同じものだ。

前菜にはエゴマ豆腐、川魚の湯引きと長芋の唐辛子あえ、塩茹で大エダマメ、ミニトマトの酢和え、ヨモギミソ田楽が運ばれてくる。

シロアユがメイン料理であるので、どの料理も量は多くなく、形の凝った陶磁器の小鉢に入っている。

何もなかったテーブルが色彩にあふれた。料理の宝石箱を目の前に出されたみたいだ。どれもこれも私が食べたことのない料理なので、見ているだけで心が満たされる気がした。

キキョウさんがダニア清酒を一升瓶と呼ばれる清酒専用の瓶で運んできて、淡いブルーのガラスでできた小さなグラスに注いでくれた。オチョコ、という可愛い名前だそうだ。おかわり用の小瓶であるトックリと呼ばれる牛乳瓶を小ぶりにしたような入れ物も置いてくれる。おかわりの際はおっしゃってくださいと、酒瓶をテーブルに置いて退室していった。

「最東国のダニア清酒は王都でも人気の酒だ」

「そうなんですね」

レックスさんがオチョコを掲げた。

私も持ち上げる。

テーブル中央の囲炉裏では、パチパチとシロアユが炙られている。

「今日は色々あったが、視察が無事終わってよかったな」

「レックスさんのご助力に感謝いたします。引き続きよろしくお願いいたします」

「乾杯の音頭としては堅苦しいが、いいだろう」

「気の利いたことを言えるように精進いたします」

「いや、オードリー嬢は十分に面白い」

「それって褒めてますかね？」

「どうだろうか」

レックスさんがオチョコを静かに近づけたので、カチリと合わせる。

グラスに口をつけ、ダニア清酒を一口飲んだ。

上品でまろやかな香りと、キレの良い爽快感が口の中で弾けて、喉の奥まで流れていく。

口から喉、胃に消えて行くまで、辛口の爽快さが残留するのが不思議だった。

「これは……旨いな」

レックスさんも感嘆している。

「キキョウさんがお勧めされるのもわかりますね」

それから私たちは前菜に舌鼓を打ちながら、トックリでお酒を注ぎ合い、ダニア清酒を三杯ほど飲んだ。

初の視察依頼をこなしたからか、お酒がすすむ。

「オードリー嬢は意外といける口なんだな」

「父が健康だったときに一度だけ二人で飲んだことがあるのですが、父からはザルだと言われてそれっきり誘われなくなりました。どうやら強いみたいです」

「見た目からは想像できんな」

「お酒、美味しいですね」

「コーヒーもいいが酒もたまにはいい」

「ですね」

レックスさんがふいに、口角を上げて微笑んだ。

無表情がほんの少し動くだけの微笑みだったけれど、久々に見た彼の笑顔に、なんだか私も嬉しくなった。

「なにか？」

「いえ、なんでも」

渓谷に流れる川のせせらぎを聞き、お酒を飲んで他愛のない話をする。

魔宝石のこと、レックスさんが使った魔道具のこと、渓谷鉱山の内部や魔物について、ドール嬢の性格があまり変わっていなかったことやゾルタンとの関係性についてなど、美味しいお酒と料理で口の滑りがどんどん良くなっていく。

囲炉裏で小さな爆ぜる音を響かせるシロアユに目をやると、茶色の焦げ目がこんがりとついていた。

キキョウさんが新しく持ってきた皿にシロアユを串ごと載せた。

油と塩が焦げる、香ばしい匂いが鼻孔を突いてくる。

空腹のときにこの匂いを嗅いだら、どんなご令嬢でもお腹が鳴ってしまうだろう。

「頭まで食べられます。背中からお楽しみくださいませ」

キキョウさんがにっこりと笑う。

川魚の頭をいただくのは初めてだ。

串を持ち上げると、遠火で丁寧に焼かれたシロアユは茶色い焦げ色をつけており、川魚の貴婦人といえる見た目と、芳しい香りを発していた。

その香りと見た目に我慢ができず、背中に齧り付く。

口の中でふんわりした白身がほろほろと解けていき、塩の味と混ざり合う。淡白な白身から感じるほのかな甘みと塩味の相性が絶妙だった。

もう一度齧る。今度はお腹の部分。

美味しい。

白身が口の中で解けていくのがたまらない。皮のパリっとした歯ごたえがアクセントになっている。

キキョウさんが清酒とシロアユは相性がいいとおっしゃっていたので、グラスからキュッと清酒を飲むと、キレの良い辛口の爽快感がふわっと口の中を洗い流した。

「……これは……無限に食べられそうですね」

レックスさんの串を見ると、すでにシロアユが消えていた。

彼は無表情に清酒をぐいと飲み干し、キキョウさんを呼ぶと、

「シロアユをおかわり」

と言った。

言い方が妙に可愛かったので、思わず噴き出しそうになって顔を伏せた。

レックスさんが何か問題でも、と目をこちらに向けてくる。

「いえ、いえ、なんでもありません。レックスさんって面白い方ですよね」

「……私が？　初めて言われたぞ」

「そうなのですか？　意外と……という言い方だと失礼かもしれませんが、チャーミングだと思いますが」

「チャーミング」

レックスさんがオウム返しをしてくる。

「笑ったお顔も可愛いですし」

「……」

「なんでもありません。男性に可愛いなどと……忘れてください」

チャーミングと言ってしまったので取り繕おうと思って、さらに自爆してしまった。駄目だ。お酒が入って少し気分が高揚しているみたいだ。父さんもお酒を飲んだときだけは饒舌になっていたし、気をつけないと。

「笑顔、か」

何かを思い出したのか、レックスさんが眼下の渓谷を眺めた。

渓谷の岩肌が〝蛍石《フローライト》〟に照らされてぼんやりと浮かび上がり、川の水面にちらちらと光が差して揺れている姿が見えた。

「おそらく、子どもの頃に笑えなくなったのだと思う」

ぽつりとレックスさんがつぶやき、私を見ると「面白くもない話だ。せっかくの旨い酒が台無しになる」と言って、首を振った。

彼があまり笑わない理由が過去にあるとは思わなかった。

てっきり、昔からそうなのかと思っていたけれど……。

「む、もう空か」

レックスさんがトックリを持ち上げると、中身が空になっていたのか残念そうな目をした。

「おかわりを」

キキョウさんに向かって、レックスさんがトックリを差し出す。

一見すると無表情で何事にも無関心に見えるけれど、場の空気を戻そうとしてくださる優しさが彼にはあった。

ここでこれ以上、過去について聞くのは無粋だ。さすがの私でもわかる。

レックスさんが慣れると接しやすいのは、こういった気遣いができるところだろうか。普段は無表情なので近寄りがたく、ご本人も人を遠ざけているふしがある。皆が彼の魅力に気づいていないのだろう。

知る人ぞ知る魅力というのは、自分だけが知る魔宝石の魅力とも似ていて、大切にしたくなる。他人に吹聴するものではない。

お酒を注いでくださったキキョウさんが、シロアユを持ってきて、丁寧に囲炉裏の砂へと刺した。

それから川魚のお刺身、カモ肉のアシソースソテーが運ばれてきて、レックスさんが再び焼き上がったシロアユを食べるところを見守り、ダニア清酒を存分にいただく。

キレの良い辛口の清酒がどの料理にも合う。

聞けば、川魚は泥などで苦みが若干出るので、こういった辛口の清酒が抜群に合うそうだ。

下処理をされていたので苦みは感じなかったけれど、川魚をメインとした料理と清酒が合うのは純然たる事実だろう。

気づけば酒瓶の三分の一まで減っていた。

レックスさんも相当にお酒が強いのか、ほんのりと頬を染めている程度だ。

シメの冷麺を食べ終えると、お腹が満たされて幸せなため息が漏れる。

「食後のデザートをお持ちいたします」

キキョウさんがグリーンティーと水をテーブルに置き、静かに退室する。そろそろお水が飲みたいと思っていた。心配りが素晴らしい。

前に座るレックスさんが、ポケットから懐中時計を取り出した。

「もう二時間も経っているのか」

「あっという間でしたね。美味しい料理とお酒。素敵な景色。また来たいです」

「ああ、また来たいものだ」

レックスさんはそう言って、懐中時計を閉める。

大切に使っているのかシルバー色のケースは綺麗に磨かれていた。

「お使いの懐中時計もスフェーン式にされますか？」

「ああ……いや、どうかな……」

珍しく、レックスさんが言い淀んだ。

いつも明快な回答をする彼らしくなかった。使っている懐中時計に、何か思い入れがあるのかもしれない。

もともとはと言えばレックスさんの使っている懐中時計が不便そうだったから、という理由でスフェーン式懐中時計の開発に乗り出した。それでも、本人があまり乗り気でないのなら、無理強いはできない。

「すまない。嫌というわけではないんだ」

「……ごめんなさい。顔に出ていましたか？　不満とか、そういったことではないんです。ただ、お世話になっているレックスさんが便利になれば嬉しいなというだけの無駄な親切心というか……」

「オードリー嬢が優しい女性であることは知っている」

「そんなことはありませんよ」

レックスさんは否定するような曖昧なうなずきをし、懐中時計をポケットにしまった。

「それよりも、例のことについて聞かなくていいのか？」

「例の？」

「〝黒蛋白石《ブラックオパール》〟」

「あっ……！　重要事項を忘れるなんて鑑定士失格です！」

思わず大きな声を出してしまう。

珍しい料理、ダニア清酒、シロアユの美味しさに心を乱されていたようだ。

「やはりオードリー嬢は面白い」

レックスさんが笑いを堪えるように口元を引き結んだ。

その後、食後のデザートである黄な粉くず餅をいただき、キキョウさんに〝黒蛋白石《ブラックオパール》〟の伝承をお聞きした。

「伝承によると、渓谷鉱山を北側に進むと精霊の森があるそうです。その奥へ進むことができれば、死者と会話ができる場所があると、そう言い伝えられております」

「死者と会話ですか？」

いきなり怪談じみた話になってきた。

「左様でございます。この町に住む私たちは、その場所に〝黒蛋白石《ブラックオパール》〟があるのではないか、と噂しているのです」

キキョウさんが楽しそうに私とレックスさんの目を交互に見て、たっぷりと余韻を持たせた。

「……その噂を聞きつけて何人もの鑑定士が傭兵とともに森へと向かいましたが、帰らぬ人となったそうです。次第に北側の森には誰も近づかなくなりました。森の北側に行くなという言い伝えは、遥か昔から続いております」

精霊の森に死者と会話できる場所。そして〝黒蛋白石《ブラックオパール》〟。

小説、『ご令嬢のお気に召すまま』最新刊に登場した秘宝を探す探索回と同じような内容に、胸が高鳴った。クリスタに話を聞いてみたいけれど、今は眠っているらしく、サイドポケットに視線を送っても出てきてくれなかった。

でも、ここまで聞いてしまっては、やるべきことは一つだ。

父さんでも同じことを言うだろう。

「行きましょう」

レックスさんを見ると、彼が肩をすくめた。

「そう言うと思ったぞ」

「え？　なぜですか？」

「少年少女のように目を輝かせて、なぜと言われてもな」

目は口ほどにものを言うとは、どうやら私のことだったらしい……。

その後、お会計をしようとしたら、カーパシー魔宝石商が支払う手はずになっているようで少し複雑な気持ちになった。ゾルタンに気を使われることが心情的にしっくりこない。

お礼は後で言おうと心に決め、私たちは清酒で火照った身体を夜風に浴びさせ、旅館へと戻った。

13

翌日、王都へと帰る馬車を延期していただき、渓谷鉱山の北側の森へ行くことになった。馬車を一日拘束するので、延長料金は私の事務所持ちにしておいた。

金額を聞いたら結構な額だったため、準備してくれた皆さんには頭が上がらない。

森へ行くことをゾルタンや鉱夫長さんには止められたけれど、私の魔法を見ているため最終的には認めてくださり、鉱夫長さんが途中までの案内役を買って出てくれた。ありがたいことだ。

ドール嬢は「そのまま帰ってこなくていいわよ」と箒とちりとりを持った姿で不機嫌そうに言ってきた。掃除の罰は実行しているようだ。

無理を聞いてくださったお礼として、小一時間ほど、町の住民限定で一律千ルギィの特設鑑定所を開いた。ギルドの信用問題になるためさすがに無料にはできないけれど、Dランク鑑定士が一回千ルギィで鑑定してくれるのはかなりの格安料金だ。

話を聞いた住人の数十名が家宝の指輪や魔宝石などを持ってきた。

カーパシー魔宝石商の前に簡易テーブルを置き、一人一品、鑑定をしていく。

時間がないので泣く泣く短時間の鑑定だ。珍しい魔宝石やジュエリーがあったから残念だ。ぜひとも次回は一日中やって心ゆくまで鑑定をしたい。

それにしても——、

「鑑定士様は魔道具様と恋人同士なんですか？」

「着ている服は王都でしか買えませんか？」

「ご結婚されておられるのですか？」

「握手してください！」

なぜだろう……。皆さん、鑑定結果よりも私と話したいらしかった。女性の鑑定士が珍しいのかもしれない。十二、三歳の年頃の女の子から握手を求められることも多かった。

そんなこんなで小一時間の臨時鑑定も終わらせ、渓谷鉱山から北の森へと行く時間になった。

動きやすい探索用の服に着替え、携帯食料などの細かい装備をバックパックに背負う。

現在は午前九時。四時間ほどで、精霊の森と呼ばれる場所に到着するそうだ。泊まりがけにする予定はないため、寝袋などの装備はない。

腰のベルトには鉱物ハンマーのハムちゃんをさした。

私に幸運が舞い込むように何度か優しく叩いておく。

クリスタには起きてもらうようにお願いしている。肝心なときにクリスタがいないと困りそうだ。

レックスさんもブラックロングコートに両肩掛けのトランク型のバッグを背負い、腰には長剣を佩いている。両手は真っ黒な魔算手袋《エディトグラブ》。完全装備だ。

旅館を出て集合場所の橋に到着すると、ストライプスーツを着たゾルタンと、作業着姿にリュックサックを背負っている鉱夫長さんがいた。

鉱夫長さんは人の良さそうな顔を不安げにし、探るように私を見てきた。

「本当に行くんですかい？」

「もちろんです。鑑定士として行かねばならないと、バッヂから声が聞こえる気がするのです」

「バッヂから声って……えらい別嬪さんなのに変わってるなぁ……」

「鉱夫長さん、問題ありません。緊急の場合は魔法で救難信号を上げます。それに、同行していただくレックスさんはCランクの傭兵資格を所持しております。よほどの事態にならない限り、不慮の事故は起こらないと思います」

「そういうことじゃあねえんですけどね……。まあ、約束は約束ですから、案内はしますよ。ああ、行きたくない」

鉱夫長さんは若気の至りで一度だけ精霊の森に行ったことがあるようで、よほど怖い思いをしたのか、あまり詳しく話してくれない。

彼の顔を見ていると恐怖心は湧いてくるけれど、それよりも自分の中にある好奇心のほうが遥かに比重が大きく、恐怖は簡単に塗りつぶされた。

「何かあっても責任は取らない。いいな？」

ゾルタンはそれだけ念押ししてきた。

先ほど、事務所で一切の責任は取らないという念書にサインをさせられた。

不満そうな目を隠そうとせず、ゾルタンは私たちを見送った。

鉱夫長さん案内のもと、昨日通った坑道までの道を進む。

晴天。少し蒸し暑いけれど、探索には問題ない気候だ。

三十分ほどで石畳の道が二股に分かれた。昨日は右に進んだが、今日は左に行くようだ。

「こっちは古道になります。途中から歩きづらくなるので気をつけてくだせえ」

鉱夫長がそう言い、黙々と進む。

レックスさんは物静かだし、私も話題がなければ話さないタイプだ。三人の中ではムードメーカーであろう鉱夫長さんも、昨日と打って変わって黙り込んでいる。

さらに一時間ほど歩き、何度も枝分かれした古道を進んでいく。歩を進めるほどに、石畳は雨風で風化し、地面から剝がれ、雑草が古道を覆い隠している風景に変化していった。

やがて古道が消えてしまうと、進むべき道は獣道となった。途中でコンパスを確認し、鉱夫長さんが鬱蒼とした森の中を進んでいく。

草木の香りが強くなり、森が陰々とした様子に変わった。

魔力が豊富に満ちているのか、自生している草木の姿も妙に丸まったものや、くねっている樹木が目立ってくる。魔力によって植物が変形することはままある光景だと文献で読んだことがあった。父さんの手記にも簡単なデッサンが描かれている。

レックスさんからお借りしているスフェーン式懐中時計をポケットから出すと、出発してから三時間が経過していた。スフェーン式の時間がずれていない安心感。探索にも役に立つね。

休みなしで歩いたので汗が額から溢れてくる。

奥深い森の中に、小さな湧き水が出ている場所があったので、そこで一度休憩することにした。

鉱夫長さんは沈黙に耐えきれなくなったのか、口を開いた。

「……もう二十年も前です。肝試しのつもりで精霊の森へ来たんですが、俺たちは丸二日、出入り口がわからなくなっちまいました」

ぶるりと肩を震わせ、鉱夫長さんは誤魔化すように水筒をあおった。

「あんなに美しいのに恐ろしい場所、知りませんよ」

「美しいのですか？」

「……見ればわかります」

鉱夫長さんはそれっきり口をつぐんだ。

私とレックスさんは顔を見合わせる。美しく、恐ろしい場所とはどんな景色だろうか。

休憩を終わらせ、道なき道を進んでいく。

苔で覆われた大振りな樹木ばかりが目立つようになると、根が張り出し、小山のようになって乗り越えるのが一苦労だった。精霊魔法で補助をしながら、三人で進んでいく。

やがて、レックスさんよりも大きな木の根を乗り越えると、精霊の森の入り口へと到着した。

木の根を越えた瞬間、目の前に広がっていたのは、この世のものとは思えない光景だった。

巨大な紫水晶が無造作に地面に突き刺さっており、それがどこまでも奥へと続いている。

淫靡《いんび》とも呼べる美しさを発している紫水晶が、森からの暗い光を浴びて鈍く輝き、欲望渦巻く人間という獲物を手招きしているように見えた。生命の息吹をまったく感じることのできない、自然の美しさと暴力的な拒絶を感じる場所であった。

紫水晶群の奥からは大きな魔力を感じることができ、魔宝石が眠っていると思わせるには容易だった。

「……これは凄いですね……。どう表現すればいいのか、わからないです」

私がつぶやきをこぼし、木の根から飛び降りると、レックスさんも後に続いて感嘆のため息を漏らした。

「こんな場所が渓谷鉱山にあるとはな」

すると、鉱夫長さんは木の根から降りずに、声を震わせた。

「本当の本当に行くんですかい？」

何度目かの質問に、私は木の根に乗っている彼を見上げた。

「行きます。怖くはありますが、まだ見ぬ魔宝石が向こうにある気がするので」

「鑑定士様はみんなそうなんですかね？」

「どうでしょうか？　少なくとも、私が知る鑑定士はこの先に進むでしょう」

父さんしかり、ジョージさんしかり、ギルド長しかり、必ず奥へと探索の足を伸ばすだろう。

「魔道具師の兄さんは平気なんですかい？」

「問題ない。オードリー嬢の護衛として同行する」

レックスさんが冷静な口調で言った。

「怖くなったら精霊に謝るんですぜ。泣きながら謝ったら、あの水晶群の中から出られました。あのときは生きた心地がしなかったですよ」

鉱夫長さんは昔を思い出して身震いし、指で鼻を何度かこすった。

「あっしは向こうで待ってます。くれぐれも無茶はしないでください」

もう見るのもつらいのか、鉱夫長さんはひょいと木の根の反対側に飛び降り、「気をつけてくださいね！」と向こうから再度警告を投げてくれた。

「……装備を確認してから行きましょう」

「そうだな」

「それから、例の独り言を言うと思うのですがあまり気にしないでください」

「了解した」

レックスさんがうなずき、トランク型のバッグを肩から下ろし、中身の点検を始めた。

私も石の少ない地面にバックパックを置き、レックスさんに背を向けてポケットを覗き込む。

『クリスタ、起きてる？　着いたよ』

すると、平べったいポケットからにゅっと少年のような顔が出てきた。

クリスタが大きな目をぱちくりとさせて、何かに気づいたように宙へ飛び出す。

『おお〜、紫水晶がいっぱいだ！』

クリスタが二枚羽を揺らして紫水晶の上まで飛んでいって、軽快なタップダンスを踊って決めポーズを取った。

『精霊の森って呼ばれているみたいなんだけど、クリスタは何か感じる？』

『うん。誰か奥にいるね』

クリスタが紫水晶群の向こう側を指差す。

『誰かって、人間？　それとも精霊？』

『ぼくと同じ精霊だよ～』

『そうなんだ。精霊が……私にも見えるかな？』

『どうだろうね？　オードリーは見えると思うけど、金髪は向こうが姿を現さないと見えないかもね』

魔道具の確認をしているレックスさんを見て、クリスタが腕を組む。

『オードリー、ぼくが一緒なら奥に進めるから早く行こうよ～』

『そうなの？　じゃあ、クリスタがいなかったら……』

『同じ場所をぐるぐる回る感じになるだろうね。そういう魔法がかかってるよ。たぶん、奥にいる精霊のしわざだと思う』

『クリスタがいれば大丈夫ってことかな？』

『うん。そのまま進めるよ』

『資格のない者を拒んでいるのか』

鉱夫長さんは精霊に認められず、同じ場所を延々と歩かされたのかもしれない。

空恐ろしいものを感じて、紫水晶群を見つめる。

小さいものは一メートルほど、大きいものは十メートルの高さがある六角柱の水晶が、地面を突き破るようにして不規則な方向に刺さっている。

洞窟や鍾乳洞で巨大な水晶が見つかることはあるけれど、これだけの量が地上にあるのは、やはり魔力が為せるわざだろうか。それか、もとは洞窟があった場所であり、気の遠くなる年月をかけて土が削られて地表に顔を出したのだろうか。

私は手帳を取り出して、簡単にスケッチしておく。

クリスタが早く行こうと頬をぷくっと膨らませていたけれど、三分だけ待ってもらった。

「上手いものだな」

横を見ると、レックスさんが手帳を見ていた。

「子どもの頃から石ばかり描いていたので、少しだけ自信があります」

「いつか本を出版するのもいいのではないか？」

「世界中の魔宝石を鑑定し終えたら、図鑑を作るのもいいかもしれません」

「その際は出資させてくれ」

「ぜひお願いします」

レックスさんに笑顔を向けてうなずき、簡単なスケッチを終えて手帳を閉じ、バックパックに入れる。

「腹持ちのいい干し芋だ。右が甘みを多めにしてある」

彼が干し芋の入った布を広げて見せてきた。

魔物が出る可能性があるため、今のうちに食べておく算段のようだ。ありがたく粉砂糖がまぶしてある干し芋をいただく。

手のひらほどの大きさなので、ゆっくりと噛んで飲み下し、水分補給もしておいた。

装備を確認してバックパックを背負い、ふらふらと辺りを飛んでいたクリスタを呼ぶ。

『行こう』

『うん！』

レックスさんが「古代語か？」と聞いてくるので、おまじないの一種ですと答えておく。

段々と説明が大味になってきている気がするけれど、精霊についてしゃべっても何も認識されないため、適当な誤魔化しになってしまう。こればかりは仕方がない。

レックスさんも準備万端のようなので、私たちは紫水晶群の入り口へと歩を進めた。

近くまで来ると凄い迫力だ。

五メートルほどの紫水晶が交差するように折り重なり、三角形に入り口が開いている。

ざっと周囲を見回しても、大小の紫水晶がぎっしりとあるので、奥へ進むにはここをくぐるしかない。

入り口の向こうには、紫水晶に囲まれた道なき道が続いているようだ。

「心の準備は？」

レックスさんが聞いてくる。

「大丈夫です。それより……認識を阻害する魔法がかかっているようです。鉱夫長さんが二日間さまよってしまったのはそのせいかと思われます」

「そうか。何も感じないが……」
興味深そうに紫水晶に手を置き、レックスさんが入り口を見る。
『クリスタ、このまま進めばいいの？』
『待って……来るよ』
『来る？　何が――』
言葉をつなぎ終わる前に、紫水晶群の奥から黒い二枚羽の何かが飛んできた。

14

「ごきげんよう、鑑定士」

公国語で語りかけてきたのは、宙に浮かんでいる黒い精霊だった。

尖った耳、腰まで伸びた艶やかな黒髪、真っ白な肌、揺れている二枚羽は薄っすらと透けており、黒曜石から発せられるガラス質のような輝きがあった。大きさはクリスタと同じだけれど、クリスタとは違った意匠の、袖口が楕円に広がった露出の多い服を着ている。

一見すると少女のような顔つきで、大きな瞳は黒目が大きく、三日月の形にあやしげに笑っている様は何人もの男を惑わせた成熟した女性のようであった。

「……精霊？」

レックスさんが一歩下がってつぶやく。

どうやら彼にも見えているようだ。

黒い精霊はレックスさんを見向きもせず、私をじっと見つめている。

「精霊を連れた鑑定士。名前は何と仰るのかしら？」

『答えても大丈夫？』

クリスタをちらりと見ると、胡乱《うろん》げな表情をしていた。

『〝黒蛋白石《ブラックオパール》〟の精霊ってこんななんだね～。こんちには～』

やはり、彼女は〝黒蛋白石《ブラックオパール》〟の精霊のようだ。

ということは、この奥に伝説の〝黒蛋白石《ブラックオパール》〟が存在している。

ぜひともこの目で鑑定してみたい。

「鑑定士、名前は？」

黒い精霊が私の名前を確認してくる。

『あ、無視しないでよ。ひどいんだ』

挨拶をされなかったクリスタが彼女の回りを飛ぶ。

「なぜ名前を……知りたいの？」

「特に理由はないわ」

「じゃあ、もう少し仲良くなったら教えます」

「つれない人なのね。私のことはブラックとでも呼んでくれたらいいわ」

精霊のブラックがあやしげに微笑みながら、目をそらさず私の眼前まで近づいてくる。

ずっと見つめ返していると、その瞳に吸い込まれそうだった。目をそらして、近くにある紫水晶へ視線を移動させた。

「ブラックは〝黒蛋白石《ブラックオパール》〟の精霊なのかな？」

「あなたの心が試される……それでもよければついてきなさい」

彼女は背を向けてゆっくりと奥へと飛んでいく。

精霊はきちんとやり取りできない子ばかりなのだろうか。

「オードリー嬢。精霊は人智を超えた存在だと聞く。罠である可能性もあるのではないか？」

様子を見ていたレックスさんが警戒した声色で言った。

「わかりません。それでも、ここまで来てあきらめることはできませんよ」

「……承知した。私が先行しよう」

レックスさんが深呼吸をし、ブラックを警戒する目で見ながら紫水晶の入り口へと足を踏み入れた。私もその後に続く。

かろうじて人が通れる場所を歩き、案内にまかせて歩を進める。

クリスタはずっとブラックに話しかけているけど、すべて無視されているようで、やがてあきらめて疲れた様子で私のポケットに収まった。

『あいつ嫌い。ぶー』

『後で私といっぱい話そうね』

『うん』

クリスタの頭を撫でると、紫水晶群から抜けて、木漏れ日をやわらかく受ける草原に到着した。

紫水晶がところどころ地中から顔を出しており、外側へ行くにつれて木々が深くなっている。森の中にある限定的に開けた場所、という感じだろうか。前には進めるけれど、望遠の魔法で見た感じ、左右は森と巨大な紫水晶に囲まれていて進むことは難しそうだ。

風で揺れる草原のエメラルドグリーンと紫水晶が幻想的な空間を作っている。

しかし、大きな枝が不自然な形で地中から真上に張り出しており、その先端に動物の白骨体がぶら下がっているのが不気味だった。

白骨体のオブジェは周囲に散見される。

モズという鳥の魔物がいるけれど、捕らえた獲物を枝に突き刺す早贄《はやにえ》という習性があるという。

ただ、白骨体は大きすぎる。手のひらサイズのモズではオブジェを作るのは不可能だ。

「下がれ！」

レックスさんの警告で、反射的に下がる。

彼の左手の腕輪から魔法障壁が出現し、獰猛《どうもう》な鹿の突撃を防いだ。鋭い角が半透明の魔法障壁にぶつかり、摩擦音が響く。

「剣鹿《ソードディアー》だ！」

「――【固まれ《エラティ》】！」

咄嗟にハムちゃんをベルトから引き抜き精霊魔法を唱える。

対象物の動きを制限する魔法だ。

剣鹿《ソードディアー》に魔法が直撃するも、押し戻される感触が手元に返ってきた。

「――！」

『効いてないよ』

クリスタの声に驚き、次に何をしていいのか一瞬だけ迷ってしまった。

剣鹿《ソードディアー》は魔法障壁を破ろうと重心を落とし、後ろ脚を踏み込んで再度突進しようとしていた。

「目をつぶれ」

レックスさんがポケットから閃光筒を出して地面に叩きつける。

周囲が一瞬だけ真っ白に染まった。目を開けると、レックスさんが剣鹿《ソードディアー》の首筋を剣で切り裂いていた。

剣鹿《ソードディアー》がどうと地面に倒れ込む。

緊張で息を止めていたのか、一気に肺から空気が吐き出された。

いきなりだったから驚いた……。ハムちゃんを持つ手がまだ震えている。

「警告が遅くてすまない。剣鹿《ソードディアー》は魔法耐性がある相手だ」

レックスさんが長剣についた血を払い、微笑を浮かべて宙に浮いているブラックへの視線を鋭くした。

「なぜ警告しなかった？」

「よかったわね、ああならなくて」

ブラックがくすくすと笑い、枝にぶら下がっている白骨体に目を向ける。

「死は平等に訪れるの。でも、死んだあとも雨風に晒されるのは寂しいでしょうね」

「あの白骨は誰がやった？」

「剣鹿《ソードディアー》ではないわ。アレにそんな知能はないもの」

「答える気はないのか？」

「これくらいは自分たちで処理してもらわないと、こっちもお願いができなくて困るわ」

「お願い？」

「行けばわかるわ」

何度か質問を繰り返すも、ブラックは最終的に「行けばわかる」と言う。

これ以上を聞いても無駄だとわかり、レックスさんが先へ進もうと提案してくれた。

紫水晶の埋まる草原を進む。剣鹿《ソードディアー》と何度か接敵した。

気配察知の精霊魔法を使用し、先手を取られないようにして私はレックスさんの補佐に回った。

飛びかかる剣鹿《ソードディアー》を風を起こして足止めしたり、土を操作して転倒させたりなど、魔法が効きづらくてもやれることはあった。

ただ、当てるのが難しい。

言霊《ワード》を二つ重ねがけすれば、多少の攻撃は通じる。

敵に自動でホーミングする衝撃弾を放つ精霊魔法もあるにはあるけれど、言霊《ワード》の発音が難しくて練度不足だ。三回に一回成功すればいいいため、レックスさんの補佐に回ったほうが結局は戦いが安定する。

『帰ったら練習だね』

クリスタは私が魔法の練習をするのが嬉しいようだ。

やがて草原を抜けると、高さ二十メートル、横幅五メートルはありそうな巨大な紫水晶が見えてきた。塔のようにそびえ立つ紫水晶だ。

草原はいつしか消え、粉々になった紫水晶が地面を覆い隠している。

一面、紫色の海になった。

「幻想的と言えば聞こえはいいですけど……紫水晶の墓場みたいですね」

「あまりいい場所とは言えなそうだ」

私の斜め前を歩くレックスさんが顔だけこちらに向けた。

歩くと砂利を踏むような音がする。

紫水晶をこの脚で踏む日が来るとは思わなかった。申し訳ない気持ちでいっぱいになる。それでも、進まなければ目的のものは手に入らない。

巨大な紫水晶に近づくと、樹木に空くウロのような穴が球形にぽっかりと空いており、その中で鈍く輝く物体があるのが見えた。

あれが〝黒蛋白石《ブラックオパール》〟かもしれない。

ふらふらと近づきたくなるような突発的な衝動が全身から突き上がり、身体が球形の穴に吸い寄せられていく。

『オードリー。しっかりね』

クリスタが私の鼻の先で、ぱちりと手を鳴らした。

はっと我に返ると、レックスさんが今にも私を止めようと真横で身構えていたところだった。

「大丈夫か？　いきなり相談もなく近づいたから驚いたぞ」

「申し訳ありません……。魅せられてしまったようです」

膨大な魔力を含む魔宝石に心を捕らわれる鑑定士がいるという話を思い出し、背筋が冷たくなる。

何度か顔を振って正気を取り戻した。

「御覧なさい。〝黒蛋白石《ブラックオパール》〟の中でも特別な存在。〝天界の黒蛋白石《ヘブンズ・ブラックオパール》〟よ」

ブラックが球形の穴の横に浮かび、新作をお披露目する商人のように、にこやかに手で指し示した。

「……これは……」

ブラックオパールは不透明な黒色を地色として持つオパールの一種だ。遊色効果によって黒の中に色鮮やかで虹のような色彩を魔宝石内に持ち、見るものを魅了する。一つとして同じ魔宝石にならないこともブラックオパールの希少性を示している。

そして、魔力を内包して魔宝石となる〝黒蛋白石《ブラックオパール》〟は数が非常に少なく、現在、魔宝石卿がジュエリーに加工して奥様へプレゼントした一つと、王国が管理している数個しか存在していない。私は図鑑でしか見たことがなかった。

ブラックが〝天界の黒蛋白石《ヘブンズ・ブラックオパール》〟と呼んだ石へと顔を近づける。

原石にもかかわらず、研磨されたように表面に輝きがあり、形は楕円形をしている。

右側にいくにつれて細くなっている、雫のような形だった。

地色は暗濃。光源魔法で光を当てると、遊色と呼ばれる多彩な色合いが虹のように輝き、真紅の遊色が波打つように原石の中で躍っている。光の角度を変えると、色合いがまた変わり、万華鏡のようにキラキラと光彩を放った。

「……美しいですね」

息をするのも忘れてしまうほど見入ってしまう。

瞳に魔力を流すと、〝天界の黒蛋白石《ヘブンズ・ブラックオパール》〟に内包された魔力量の底が知れなかった。確実に本物だろうけど、鑑定しないことにはどんな魔力が流れていて、内包物がどうなっているかはわからない。

図鑑にも載っていない未知の魔宝石。絶対に鑑定してみたい。

装備している白手袋を確認して、触れようとしたところで横から声がかかった。

「安易に触れていいのかしら？」

少女のようなブラックが妖艶な笑みを浮かべていた。

出そうとした右手を止める。

「……どういうこと？」

「そのままの意味よ。ああなっても知らないわよ？」

ブラックがふわりと飛んで、巨大紫水晶の裏側へと回る。

私とレックスさんが顔を見合わせ、ブラックについていくと、地面を覆い尽くす細かな紫水晶に埋もれるようにして、一つの白骨体が横たわっていた。クリスタが私のポケットの中で『死んでるから目玉はないね～』と言っている。

「人間の骨ですね」

「そのようだ」

元は上質であったであろう頑丈そうな上着は、今は風化してくすみ、半分ほど朽ちている。

朽ちて崩れた衣服の隙間から白い肋骨が見えていた。

白い頭部は無念だと言いたげに口を開けて、かくりと真横に曲がっている。

上着の上部には見覚えのあるものがついていた。

「……鑑定士バッヂ」

白骨体に近づき、聖印を切ってから、汚れた鑑定士バッヂをハンカチで丁寧に拭くと、鮮やかな金色に輝いた。

「ゴールドバッヂ。Cランク鑑定士ですか」

銅、銀、金とランクによってバッヂの素材が変わっていく。

この人のはCランク鑑定士であったようだ。

「〝天界の黒蛋白石《ヘブンズ・ブラックオパール》〟に取り込まれて帰らぬ人となった、哀れな鑑定士よ」

ブラックが悲しげに言う。

しかし、目だけは三日月に笑っていた。

「〝天界の黒蛋白石《ヘブンズ・ブラックオパール》〟に触れると死者と話ができるの。でも、誰も帰ってこられない。そこで、お願いを聞いてくれたら、石に触れずに死者と会話できるように取り計らうわ」

ブラックの黒い瞳があやしげに光る。

「死者と話をしたくない？　鑑定士はお父様、金髪の魔道具師はお母様と話をしたいんじゃなくって？」

一瞬だけ父さんと話がしたいと思った矢先に指摘され、どきりと心臓が跳ねた。

父さんがいないことに納得はしていても、やはりいないのは寂しい。もしまだ生きていたら、仕事のことや魔宝石について聞きたいことが山ほどあった。父さんは嫌がるかもしれないけれど、コーヒーの美味しい喫茶店にも行きたいし、ミランダ様と話している姿も見てみたかった。

考えれば考えるほど、父さんとやりたいことが湧き出てくる。

横を見ると、レックスさんが目を見開いていた。

レックスさんはすでにお亡くなりになった、お母様とお話をしたいのかもしれない。

ミランダ様から少し聞いたのだけれど、レックスさんのお母様は伯爵家の使用人で、平民であったそうだ。

第一夫人の了承を取らずにレックスさんを出産したそうで、母子ともに美麗な容姿も相まって様々な揉め事が生じ、伯爵家での居場所がほとんどなかったそうだ。

そんなレックスさんを不憫に思ったミランダ様が何かと目にかけていたようで、第一夫人、つまりミランダ様にとっての義理の娘からは不平不満をかなり言われたらしいが、それでもレックスさんの性格を気に入っていたため、魔道具師の修練学校に入れる十歳になるまで大事が起きないよう見守っていたとのことだ。

「どうしたの魔道具師。お母様と話がしたいのではなくって？」

ブラックが今一度レックスさんに問うと、彼は無表情を崩して苦い顔つきになった。

「精霊は人の心が読めるのか？」

「そこのオチビちゃんにはできないでしょうね」

ブラックは私のポケットに入っているクリスタへ目を向ける。

レックスさんはクリスタを認識できないため、不可解な顔つきになった。

おそらくだけど、オチビちゃんという言葉を上手く認識できないのだろう。

『別にできなくてもいいじゃん』

ぶうと口を鳴らして、クリスタがポケットから顔だけ出している。

ブラックは興味がなさそうに視線を私へ戻し、わがままを言う子どもを諭す親のような笑みを浮かべた。

「あなたの相棒、金髪の魔道具師も死者と話がしたいみたいだし、私のお願いを聞いてくれるわよね？」

「……お話だけお聞きしましょう」

「私がいないと〝天界の黒蛋白石《ヘブンズ・ブラックオパール》〟に触れることもできないのよ？　いいのかしら」

「〝天界の黒蛋白石《ヘブンズ・ブラックオパール》〟を見るにはお願いを聞くしかない、ということですか」

「ええ。早くして。でないと――」

ブラックがそこまで言ったところで、何かが走り寄ってくる音がした。

音のする方向を見ると、森の奥から四足歩行の動物が飛び出し、紫水晶を踏み潰しながらこちらに迫ってくる。

剣鹿《ソードディアー》……ではない。もっと大きい。

「オードリー嬢」

「はい」

レックスさんの冷静な声で、ハムちゃんを引き抜き戦闘態勢を取る。

私たちに近づいてきた魔物は二十メートルほどまで接近すると脚を止め、威嚇するように唸り声を上げた。

「……剣樹鹿《カリユドンディアー》か。長寿の剣鹿《ソードディアー》が魔力を有すると稀に進化をする。だが、資料の図解とはかなり見た目が違うな。気をつけろ」

レックスさんが端的に説明を入れて長剣を引き抜き、左腕にある魔道具から魔法障壁の盾を出した。

剣樹鹿《カリユドンディアー》は体長三メートルほどで、目は漆黒に染まり、口元は凶悪に歪んでいる。剣鹿《ソードディアー》の持っている剣のような角とは比較にならない大きさの、紫水晶と融合したような淡い光を放つ剣角が頭部の両側にあった。

剣樹鹿《カリユドンディアー》が私たちを値踏みするように、じっと観察してくる。

『オードリー、あれ、危険だよ』

クリスタがめずらしく茶化さずに進言してくれる。

私たちが数秒ほど睨み合っていると、森から巨大な鳥の魔物が飛来してきて、息つく暇もなく剣樹鹿《カリユドンディアー》に攻撃をしかけた。まだら模様の不気味な怪鳥だ。

剣樹鹿《カリユドンディアー》は素早く怪鳥の爪をかわすと、咆哮《ほうこう》を上げた。

呼応するようにして地面から樹木の枝が突き上がると、怪鳥が一瞬で串刺しになり、剣樹鹿《カリユドンディアー》の

薄紫色に輝く剣角に斬られて頭部がぽとりと落ちた。

串刺しにされた怪鳥は、力なく羽を垂らして物言わぬオブジェと化した。

あまりの衝撃と一瞬の出来事に息が止まった。

道中で見た白骨体のオブジェは剣樹鹿《カリュドンディアー》の仕業だったらしい。

「あの角……相当な斬れ味だ」

レックスさんが警鐘を鳴らす。

「私のお願いは、剣樹鹿《カリュドンディアー》を永遠の眠りにつかせることよ」

ブラックが断れないタイミングで眼前に飛んでくる。

戦いは避けられない。

それなら引き受けるしかなかった。

それに、精霊は嘘を嫌う。約束を破られる心配はない。

「了承します」

私が剣樹鹿《カリュドンディアー》から目を離さずにうなずくと、ブラックは満足したのか「頑張ってね」と笑って上空へと飛んでいった。

『あいつ感じ悪いね～、嫌い』

クリスタが緊張感なくぶーぶーと口を鳴らし、ポケットから出てきて私の肩に乗った。

『オードリー、防護の魔法だよ。それからあいつの魔法が来る前に教えてあげる』

『頼りにしてるよ』

『まかせて』

じりじりと剣樹鹿《カリュドンディアー》が近づいてくる。

私は小声で言霊《ワード》を二つ重ねがけして、二十分ほど継続する防護魔法を自分とレックスさんの身体にかけた。

「防護魔法です。一撃は全身を守ってくれます」

「助かる」

レックスさんが長剣を構えたまま、すり足で下がっていく。視線は剣樹鹿《カリュドンディアー》から離さない。

私たちは剣樹鹿《カリュドンディアー》の迫力に気圧されて下がる。

〝天界の黒蛋白石《ヘブンズ・ブラックオパール》〟のある巨大紫水晶まで下がり、さらに後方へと下がって距離を開けると、剣樹鹿《カリュドンディアー》が魔宝石を守るようにして立ちふさがった。

15

私とレックスさんは薄紫色の剣角を持つ剣樹鹿《カリュドンディアー》と対峙する。

敵はじっと動かない。

このまま下がっていけば見逃してくれそうな気配もあった。

そんな私の気持ちを察したのか、ブラックが飛んできて誘惑するようなあやしげな微笑みを浮かべた。

「あれは〝天界の黒蛋白石《ヘブンズ・ブラックオパール》〟に魅せられた哀れな獣。息の根を止めてやってちょうだい」

「〝天界の黒蛋白石《ヘブンズ・ブラックオパール》〟に魅せられた？」

「膨大な魔力に当てられてしまったのよ。先ほどのあなたみたいにね」

ブラックが言うと、クリスタが『魔法が来るよ！』と叫んだ。

「レックスさん！」

私が真横に跳ぶと、レックスさんも瞬時に反応して右前方へと跳躍した。

私たちがいた場所から枝が突き出て、土と紫水晶の破片が空中へ飛散する。

「オードリー嬢、例の風魔法はいけるか！　時間を稼ぐ！」

「はい！」

ハムちゃんを構えて精神統一し、魔力を練り上げる。

レックスさんが果敢に剣樹鹿《カリュドンディアー》に飛びかかり、中段から首筋を狙う。

がきりと剣角で受け止められ、お返しと剣樹鹿《カリュドンディアー》が頭を振った。

今度はレックスさんが剣角を長剣で受け止めた。

金属音が周囲に響き、レックスさんが空中に吹き飛ばされた。とてつもない膂力《りょりょく》だ。

彼は器用に空中で体勢を立て直して両足で着地し、トランク型バッグのサイドポケットから銃の形をした魔道具を引き抜いて閃光弾を撃ち込み、さらに赤く燃える色をした投げナイフを腰から抜いて投擲した。

剣樹鹿《カリュドンディアー》が一瞬だけ光で怯み、赤い投げナイフが横腹に刺さる。

投げナイフはぼうと真っ赤に燃え上がって敵を包み込んだ。

「無傷か」

剣樹鹿《カリュドンディアー》が何度か首を振ると炎が消え、横腹に刺さったナイフがぽろりと落ちた。

『五つ？　六つ？』

『五つ！』

言霊《ワード》をいくつ重ねがけするかの問いに、躊躇なく答える。

何度か使っている魔法のほうが失敗が少ない。

「レックスさん！」

「よし！」

レックスさんが飛び退いた瞬間に、魔法を唱えた。

「――【風よ《オイズイ》】【刃となりて《リテイエアギール》】【敵を《ウイケ》】【二つに《ドウワ》】【切り裂け《カシイケ》】！」

身体に熱い魔力が駆け抜けると、甲高い風切り音とともに不可視の刃が剣樹鹿《カリユドンディアー》に殺到する。

剣樹鹿《カリユドンディアー》は素早く頭を下げ、風の刃を剣角で受け止めた。

ギャリギャリと甲高い摩擦音が響く。

五つ重ねがけした膨大な魔力の精霊魔法に剣樹鹿《カリユドンディアー》の身体が十メートル以上地をすべったが、下半身の筋肉が不自然に盛り上がるとぴたりと動きが止まり、剣樹鹿《カリユドンディアー》が頭を一振りすると、風の刃が消失した。

『うーん。やっぱり六つは重ねがけしたいね〜』

「……土竜を真っ二つにした魔法だぞ？」

レックスさんが息を呑んだ。

この魔物、強すぎない？

最悪、撤退も視野に入れないと。

剣樹鹿《カリユドンディアー》は怒りを覚えたのか、姿勢を低くして頭を地面すれすれまで下げた。漆黒に濡れた瞳が光る。魔力が溢れかえった。

『オードリー、跳んで！』

クリスタの声と同時に地面から槍のような枝が幾重にも突き出て、津波のようにこちらに迫ってきた。枝が槍衾《やりぶすま》のように突き出て地面すべてを埋め尽くす勢いだ。

私たちは突き出た槍に弾き飛ばされた。

パキリとガラスが割れるような音が響く。全身を覆っていた防護魔法が消えた。

「──【後ろへ《エリシウ》】【跳べ《エボウ》】！」

咄嗟に精霊魔法を自分とレックスさんに行使する。

小山を飛び越えるほど後方に跳躍し、あまりの高さに悲鳴が出そうになった。

魔力を込めすぎた……！

眼下には地面全体が剣山になったように枝の槍が突き出ており、剣樹鹿《カリュドンディアー》が恨めしげにこちらへ首を向けている。

『危なかったね～』

『落ちてる！　落ちてるよ！』

上昇が終わって最高地点に到達すると、私たちは自由落下を始めた。

隣を見ると、無表情のレックスさんと目が合った。

「このまま落ちると死ぬな」

「何か魔道具は?!」

「上昇した角度から……落下地点はあの辺りか」

レックスさんが銃の魔道具で着地点付近になるであろう場所を撃つと、枝の槍衾が吹き飛んだ。

円形にぽっかりと地面が見えた。

「私の身体は幸いにも頑丈だ。着地の手前で魔道具を使う。死にはしない」

そう言いつつレックスさんが空中で私に手を伸ばして抱き寄せ、ぐっと包み込んでくれた。

「れ、冷静すぎませんか?!」

「普通ではないか?」

『浮かせる魔法を使いなよ。ほら、旅行トランクにも使ってるやつ～』

クリスタが後頭部で両手を組み、寝そべった状態で私たちと一緒に落下しながら、あきれた顔をする。

あ……確かにそうだ。

「【浮け《エクウ》】」

強めに魔力を込めて浮遊の魔法を行使すると、落下速度が急激に減衰した。

浮きはしないがゆっくりと落ちている。

言霊《ワード》一つだと人を浮かせるほどの魔法にならないようだ。

「……取り乱しました」

「助かった。それより、どうする」

レックスさんは切り替えが早い。

私を抱き寄せたまま眼下を見る。

落下地点には移動してきた剣樹鹿《カリュドンディアー》が待ち構えていた。魔法を切ったらしく、地面から生えていた枝の槍衾が消えていく。

薄紫色の剣角が光る。

あれに刺されたらひとたまりもないだろう。

あの剣角、膨大な魔力に当てられて魔宝石化しているのかもしれない。

そうでもないとあれだけの魔法を一瞬で唱えられない気がする。

そこまで考え、とあることを思いついた。

「レックスさん、あの角って魔宝石ですかね？」

「オードリー嬢、こんなときまで」

「あ、違います。思いついたことがあるんです。説明は難しいので、剣で首筋を狙ってください。剣で倒すしかありません」

「……承知した」

レックスさんは疑問を抱かずにうなずいてくださった。

地面まで残り五メートルほど。

剣樹鹿《カリュドンディアー》は今にも飛びかかろうとしてる。

魔力を練り上げ、ハムちゃんを敵に向けた。

「――【風よ《オイズイ》】【刃となりて《リティエアギール》】【敵を《ウイケ》】【二つに《ドウワ》】【切り裂け《カシイケ》】！」

大量の魔力が全身を通過してハムちゃんに伝導し、不可視の刃が剣樹鹿《カリュドンディアー》に飛んでいく。

剣樹鹿《カリュドンディアー》は攻撃から防御態勢に入って、難なく風の刃を剣角で受け止めた。

その隙に私たちは着地し、互いにうなずき合う。

「オードリー嬢、信じているぞ」

レックスさんは長剣を両手持ちにし、風の刃を受けて無防備になっている剣樹鹿《カリュドンディアー》に飛びかかり、大上段に長剣を振り上げた。

『何するの？』

集中していてクリスタの声に答えることはできず、ハムちゃんを剣樹鹿《カリュドンディアー》に向けて、魔力を一気に練り上げた。

「――【我の《オーワアル》】【指示に従え《エアシュタイジュレ》】【想像のまま《アマオヌーゾ》】【切れろ《オルリィ》】！」

狙いは剣角。

魔法が瞬時に飛んでいき、狙い違わず剣樹鹿《カリュドンディアー》の左の剣角に着弾した。

レックスさんが長剣を振り下ろす。

剣樹鹿《カリュドンディアー》が頭部を素早く動かして剣角で斬撃を受けようとした。

その瞬間、魔宝石を思い通りの形にカットする反則的な精霊魔法が失敗し、不快な音を立てて美しい剣角の一本が砕け散った。

剣樹鹿《カリュドンディアー》が驚くも、斬撃は止まらない。

「シッ！」

裂帛《れっぱく》の気合いとともに、剣樹鹿《カリュドンディアー》の首に長剣が吸い込まれ、首元を半分ほど切断した。

どしゃ、と剣樹鹿《カリュドンディアー》が地面の紫水晶を散らして倒れ込んだ。

レックスさんが残心を取ると、周囲が静寂に包まれた。

『オードリー凄い！　金髪カッコいい！　やったね！』

クリスタがくるくると回って喜ぶ。

剣角が一本になってしまった剣樹鹿《カリュドンディアー》に近づくと、濁った黒い瞳で恨めしげにこちらを睨み、細切れの荒い呼吸を繰り返す。やがて力を失い、動かなくなった。

まさか魔宝石をカットする例の精霊魔法を魔物に使うとは思わなかった。しかも、わざと失敗させて対象を粉々にするというね……。行き当たりばったりだったけれど上手くいってよかった。

十秒ほど警戒していたレックスさんが残心を解いて、剣を振って血のりを取り、鞘に納めようとした。

しかし、長剣は根元よりやや上あたりでぽきりと折れた。

「限界だったか」

折れた長剣を拾い上げて、レックスさんが剣身を確認する。

剣樹鹿《カリュドンディアー》の剣角と切り結んだせいで、刃が大きく二ヶ所ほど欠けていた。剣身が剣樹鹿《カリュドンディアー》の膂力に耐えきれなかったらしい。レックスさんはトランク型のバッグから布を取り出して、丁寧に折れた剣を包んだ。

「検証のためにな」

「なるほど」

「……どうにか討伐したようだな」

レックスさんが横たわって瞳の光を失った剣樹鹿《カリュドンディアー》を見下ろす。

「そうですね。レックスさんのおかげです」

「あの魔法は？」

「〝楔石《スフェーン》〟をカットした魔法ですね。失敗すると、対象物が粉々になってしまうんです」

「魔法の性質を利用したのか。さすがだ」

「いえ……剣角が魔宝石のような性質を持っていると思いついて、九割方いけるだろうと考えました。成功してよかったです」

物言わぬ剣樹鹿《カリュドンディアー》を見ると、その血で地面の紫水晶が赤く染まっていく。

すると、音を立てずにブラックが宙からゆっくりと降りてきた。

ずっと余裕の笑みを絶やさなかった彼女だったけれど、深い悲しみを宿した目をしていた。

「ブラック……悲しいの？」

思わず聞くと、彼女はうなずくこともせずに剣樹鹿《カリュドンディアー》の頭部に座った。黒曜石を極限まで薄くしたような二枚羽が、力なく垂れていた。

「この子はね、孤独だった私とずっと一緒にいてくれた子なの」

ブラックが剣樹鹿《カリュドンディアー》の頭を、小さな手で優しく撫でた。

彼女は昔語りを始めた。

元は〝黒蛋白石《ブラックオパール》〟であった彼女はずっと巨大紫水晶の中で眠っており、長い年月をかけて魔力を取り込み、〝天界の黒蛋白石《ヘブンズ・ブラックオパール》〟へと変質したこと。

それをきっかけに精霊として目覚め、ずっと孤独であったこと。

数百年間、一人で過ごしていると、一匹の子鹿が彼女に気づいた。

それが、この剣樹鹿《カリュドンディアー》だったそうだ。

剣樹鹿《カリュドンディアー》の子どもであった子鹿はブラックとともに生活をし、時には〝天界の黒蛋白石《ヘブンズ・ブラックオパール》〟を狙う人間を追い払ったり、森の中を駆けて冒険をしたり、夜は一緒に眠ったり、常に一緒にいたそうだ。

「この子と一緒の時間は短かったけれど、私にとっては何よりの宝物なの。この子は太陽よりも温かいぬくもりを私にくれたわ」

ブラックは慈しむようにして、剣樹鹿《カリュドンディアー》の頭を撫でる。

我が子の頭を撫でる母親のような顔つきには、感謝と悲しみが入り混じっていた。

「じゃあ……どうして私たちに討伐依頼をしたの？」

「〝天界の黒蛋白石《ヘブンズ・ブラックオパール》〟の近くにいすぎたのよ。膨大な魔力に当てられて意識を消失し、〝天界の黒蛋白石《ヘブンズ・ブラックオパール》〟に近づく者を攻撃するだけの魔物になってしまった」

「元に戻すことはできなかったの？」

「できなかった。この子は魔物である本能に抗えなかった」

ブラックが顔を上げる。

いつしか彼女の瞳は涙で濡れていた。

「この子を救ってくれてありがとう。百年の悪夢からようやく解放されたわ」

ブラックの頬を涙が伝った。

「ありがとう……」

石には石の物語がある。

父さんの言葉がふいによぎった。

精霊にも精霊の物語があるのだろう。

彼女と剣樹鹿《カリュドンディアー》の物語を想像していると、ブラックがふと笑みを浮かべた。

「私のために泣いてくれるなんて、あなたは優しい鑑定士なのね」

「あ……」

頬に手を添えると、涙が流れていた。

大切な人を失う悲しみは痛いほどわかる。彼女は自らの意思で討伐を依頼したのだ。さぞ胸の内は苦しかっただろう。

「この子の立派な角は、苦しまずにとどめを刺してくれた魔道具師の剣にでもしてちょうだい。きっとこの子も喜ぶでしょう」

ブラックが剣樹鹿《カリュドンディアー》に残った一本の剣角を見る。

剣角は紫水晶のような淡い光を放っていた。

「承知した。貴殿の依頼を受けよう」

静かに話を聞いていたレックスさんがおもむろにうなずいて、丁寧に聖印を切って剣樹鹿《カリュドンディアー》の冥福を祈ってから、ナイフで剣角を採取した。

私はハンカチで涙を拭き、精霊魔法で地面を掘って剣樹鹿《カリュドンディアー》を埋葬した。

ブラックはようやく晴れやかな表情になった。

「オチビちゃんが羨ましいわ。あなたのような鑑定士と契約したのだから」

そういえばクリスタから反応がない。

ポケットを開いて中を見ると、クリスタが顔中を涙で濡らして膝を抱えていた。

『クリスタ？　どうしたの？』

『嫌なやつだと思ったのに可愛そうだった』

『そうだね。うん。涙を拭こうね』

クリスタの顔をハンカチで拭いてあげ、指先で優しく頭を撫でる。

するとクリスタがえへへと笑って笑顔になり、ブラックの前に飛んでいって、むんと腕を組んだ。

『おまえさ、ぼくたちと一緒に来ればいいじゃん。そしたら一人じゃなくなるよ』

言われたブラックは驚き、悲しげに顔を伏せて古代語で返答した。

『無理よ。だって、私はここから離れられないもの』

『どうして？』

『水晶《クオーツ》みたいにどこにでも家があるわけじゃないの』

ブラックがちらりと〝天界の黒蛋白石《ヘブンズ・ブラックオパール》〟のある巨大紫水晶を見やる。

『〝天界の黒蛋白石《ヘブンズ・ブラックオパール》〟を持ち出すのは不可能よ。触れるだけで、取り込まれてしまう。そこの鑑定士も、あの鑑定士のようになってしまうわ』

彼女はあきらめたように、二枚羽を揺らした。

「約束は果たすわ。魔宝石に触れず、会いたい死者と会話させてあげる」

ブラックの瞳が黒く輝くと、呼応するようにして〝天界の黒蛋白石《ヘブンズ・ブラックオパール》〟から魔力が流れて瞬いた。

「待って。〝天界の黒蛋白石《ヘブンズ・ブラックオパール》〟を鑑定させて」

私は衝動的にブラックを止めた。

「え？」

ここまで来て〝天界の黒蛋白石《ヘブンズ・ブラックオパール》〟に触れることができず、鑑定もできないなんて、そんなご無体な話はない。

「未知なる魔宝石を目の前にして鑑定しないなど鑑定士の名折れです。生きている限り、私たちは夢を追い続けます」

「……あなた、本気なの？」

「はい」

「抜け出せなければ、心の回廊に閉じ込められるのよ。死ぬまで同じ時間を行き来することになるの。それでも触れるの？」

「それでも」

大きくうなずいてみせた。

「こうなっては止めても無駄だろうな」

レックスさんがやはりそうなるかとため息をついた。

「魔宝石に触れただけで戻れなくなるとは信じがたいが、精霊は嘘をつかないとどの伝承にも伝わっている。何かあれば強引にでもオードリー嬢を連れ帰るぞ。君がいなくなると悲しむ人間がいる。

それだけはわかってくれ」

そう言って、レックスさんが私の肩に手を乗せ、力強くうなずいた。

どうやらこのまま肩に手を置いてくれるようだ。

魔算手袋《エディトグラブ》越しにレックスさんの手の温かさを感じ、私は感謝を込めて笑顔でうなずく。

『オードリーが魔宝石を触らずに帰るなんてありえないよね～』

クリスタが楽しそうにケラケラと笑って〝天界の黒蛋白石《ヘブンズ・ブラックオパール》〟の周りを飛んだ。

「あの鑑定士も止めたのよ。それでも鑑定すると言うから……鑑定士はバカなのかしら」

「巷では、そういう人種のことをオタクと言うそうです」

「……へえ」

「ブラック。私が無事だったら、〝天界の黒蛋白石《ヘブンズ・ブラックオパール》〟を回収します。そうしたら、私たちと一緒に王都へ来ませんか？」

私の言葉に一瞬息をつまらせ、ブラックは何度かまぶたを開閉すると、うつむくようにして小さくうなずいた。

「では、鑑定しましょう」

「名前を……せめてあなたの名前だけでも教えて」

「私たちの会話を聞いていたなら、名前はわかるのではないの？」

「あなたの口から聞きたいのよ」

「……Dランク鑑定士のオードリー・エヴァンスです。〝天界の黒蛋白石《ヘブンズ・ブラックオパール》〟を持ち帰る鑑定士です」

私はブラックにカーテシーをして、一礼した。

「わかったわ。あなた……オードリーがいる場所はここよ。ここが現実なの。それを強く思いなさい」

ブラックが〝天界の黒蛋白石《ヘブンズ・ブラックオパール》〟の横に跳び、その場所を明け渡すようにして離れた。

私は白手袋の縁を引いてしっかりと装着し、何度か手のひらを開け閉めして気合いを入れ、ジュエルルーペを取り出した。

右手を伸ばすと、一瞬だけ肩に乗せられているレックスさんの手に力が入る。

心強いぬくもりを感じながら、〝天界の黒蛋白石《ヘブンズ・ブラックオパール》〟にそっと触れると、視界が真っ白に染まった。

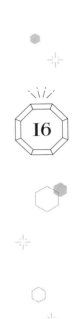

16

アトリエの大きなガラス窓から、昼下がりのやわらかい日差しがたっぷりと差し込んでいた。

壁には鑑定士が採掘に使う様々な道具がかけられ、室内には鉱物、鉄製品、薬草の独特な香りと静謐《せいひつ》な空気が流れている。

主を失ったはずの作業台の前には、背中を丸めてジュエルルーペを覗き込んでいる、大きな背中があった。

父さんが真剣な横顔で鑑定作業をしていた。

私はその姿に、心臓が跳ねた。

「……」

仕事のきりがよかったのか、私がアトリエに入ったことを知った父さんが、魔宝石とジュエルルーペを作業台に戻した。

どうしたとか、何かあったかとか、そういった声掛けはない。

いつも通り、無言で私を見つめてくる。

太い眉、切れ長で思慮深い目、頑固そうにちょっとだけ張り出した輪郭、鑑定に没頭していたせいで剃っていない白髪まじりの無精髭。

ただ、その目はとても優しかった。

私は言いたいことや聞きたいことが胸に溢れて感情が整理できず、唇がほんの少しだけ開き、喉が勝手に上下に動いた。

心の中は言葉で溢れかえっていた。

どうして死んでしまったの。手記に書いてあった魔宝石についての説明がほしい。鑑定士としてどうやって商談をしていたのか。父さんが得意だったビーフシチューを食べたいから作って。パン屋のおばさんに親子揃って変人だと思われてるよ。

仕事のことからどうでもいいことまで、言いたいことが浮かんでは消えていく。

ただ、上手く言葉にできず、私は父さんに近づいて、無言で右手を近づけた。

剃っていない無精髭をじょりじょりと触ってみる。

ちくちくとした、硬い感触がした。

父さんは目を細めて、私の頭を優しく撫でてくれた。

大きくて温かい父さんの手に撫でられ、自然と瞳から涙がこぼれてくる。

父さんは急に泣き出した私を見て困ったように手を止めた。

それから、父さんはキッチンでビーフシチューを作ってくれた。

私が何度もミランダ様とのお話をせがむと、根負けした父さんが仕方なく、ぽつりぽつりと起こった出来事を語ってくれた。

翌日になって、私たちは二人で鑑定士ギルドへと向かう。

父さんの親友であるBランク鑑定士のジョージさんが待っていて、三人で〝黒蛋白石《ブラックオパール》〟を探索して採掘しようという話になった。

三泊の泊りがけで、ジョージさんの故郷である最東国の料理人が開いた有名な料亭にも行く約束をした。

結局、〝黒蛋白石《ブラックオパール》〟は見つからなかったけれど、料亭で食べたシロアユは絶品だった。

お酒が入った父さんがご機嫌でしゃべっている姿が、私は可笑しかった。

いつも無口なのに、お酒の力は偉大と思う。ジョージさんも面白がって、父さんに清酒をずっと注いでいた。

私たちは小さな冒険をしたあと王都に戻り、ガーネット系ジュエリーの大量発注された鑑定依頼を二人で受けることにした。

かなりの数があるのでアトリエにこもりっきりで、鑑定作業をする。

一人ではなく二人だったので、どうにか期限内に終わらせることができた。もし一人だったら期限を延長せざるを得なかっただろう。父さんがいてくれて本当によかった。

私は、夢にまでみた鑑定士の毎日を送っている。

不意に私は恐ろしくなるのだ。

最近では、父さんが病気になって衰弱していく夢を見る。

その夢の中で私は鑑定士ではなくて、ゾルタンのいる魔宝石商で下働きをさせられており、ドール嬢というあまり性格の良くないお嬢さんにいつもいびられていた。毎日が暗闇に包まれた生活だ。お金もなく、夢もなく、才能もない、真っ暗な坑道をただひたすらに歩く人生だった。

ベッドの上で夢が醒めて安堵する。

家に父さんがいて、自分が鑑定士であることに、心から安心する。

帰る家に家族がいて本当によかった。

「……」

庭を見ていた父さんが、指をさす。

遠くの空を指している。

なぜか、誰も触れていないのに、肩が温かくなった気がした。

誰か私を呼んでいる気がする。

「――」

ここが現実。心を強く持って。そんなアドバイスをふと思い出した。

私の脳裏に、金髪で美形の魔道具師が思い浮かび、少年の顔をした精霊の姿がぼんやりと浮かんだ。

レックスさんと……クリスタだ。

空を指さしていた父さんが手を下げて、逆の手を開いた。

父さんの手には真紅の魔宝石があった。

燃えるような赤色、偏菱《へんりょう》二十四面体、大きさは6カラット。

高貴であれ、力強くあれ。そんな、オードリーの名付けの理由にもなっている〝炎雷の祝福《トールブレス》〟だった。

父さんは〝炎雷の祝福《トールブレス》〟を私の右手に握らせて、小さな笑みを浮かべた。

「風邪を引かないようにな」

出かける前にたまに言う父さんの言葉を聞いて、私はここが現実ではないと理解した。

そうだ。私はDランク鑑定士、オードリー・エヴァンス。Aランク鑑定士である偉大な父の背中を追う、事務所の屋号を継いだ一人娘だ。

意識が急浮上し始める。

海底から湧き出る泡のように、私の身体が浮かび上がって、父さんとアトリエが小さくなっていく。

何度も父さんを呼ぶ。

無口な父さんは何も言わず、優しげな瞳で私を見つめるだけだった。

いつしか私の右手には〝天界の黒蛋白石《ヘブンズ・ブラックオパール》〟が握られていた。

○

「オードリー嬢！　目を覚ましたか！」

どうやら私は眠っていたようだ。

横たわった状態なのか、レックスさん、クリスタ、ブラックが私を覗き込んでおり、青い空が見える。

「すみません、ご心配をおかけいたしました。あの……どれくらい時間が経っていますか？」

私が起き上がると、レックスさんが心配した手付きで背中に手を添えてくれた。

地面に手をつくと、マントが敷かれていることに気づいた。レックスさんが敷いてくれたようだ。地面にある細かい紫水晶の破片が、私が寝ていた部分だけよけられている。

「三十分ほどだ」

「そうですか。短いですね」

立ち上がってマントを持ち上げ、ついてしまった土埃を払って礼を言い、彼に返却した。

「……何週間も……夢を見ていました」

「夢？」

「はい。父さんが生きていて、二人で鑑定士として働いている夢です。私が何度も妄想してきた願望とも言えます」

右手を開くと、見る人すべてを魅了する蠱惑《こわく》的な魅力を放つ、漆黒の魔宝石〝天界の黒蛋白石《ヘブンズ・ブラックオパール》〟が、波打つ真紅の遊色を浮かべて鈍く光っていた。

「触れると心の回廊に捕らわれるというのは本当のようです」

ブラックが心配した様子で顔を覗き込んできた。

「よく戻ってきてくれたわ。心が強いのね、オードリーは」

「いえ、全然ですよ。レックスさんの手のぬくもりを感じて、現実ではないと気づくことができました」

レックスさんを見ると、「私は何もしていないが」と言う。

『オードリー、ぼくは～？』

ブラックを押しのけて、私の眼前にクリスタが飛んできた。

『もちろんクリスタのことも思い出したよ』

『なら良かった！』

クリスタは嬉しそうに宙返りをする。

もう一度、夢での出来事を思い出し、確かに先ほどまで目の前に存在していた父さんの優しい視線のぬくもりが、肌に残っている気がした。

「ずっとあの世界にいてもいいと思える居心地の良さでした。あの鑑定士が帰らぬ人になったのも、納得です」

骨になってしまった鑑定士の方向をちらりと見ると、ブラックが満足そうにうなずいて、鼻から大きく息を吐いた。

「〝天界の黒蛋白石《ヘブンズ・ブラックオパール》〟はあなたの物よ。鑑定士、オードリー・エヴァンス。それでどうする？　死者と話してみる？」

ブラックが出会ったときと似たような、妖艶な笑みを浮かべた。

「またあの体験をしたら、今度こそ戻ってこられなくなりそうです。今でもほんの少しだけ後悔していますから」

「ああ、違うのよ。この場で話すことができるの」

「この場で？」

「相棒の魔道具師もお母様と話したいんじゃないのかしら？」

急に自分へ矛先が向いて、レックスさんが困惑したようにまばたきをした。

「オードリー嬢。ひとまず死者との会話とやらは落ち着いてから考えよう。それよりも、鑑定してみてはどうだ？」

レックスさんが〝天界の黒蛋白石《ヘブンズ・ブラックオパール》〟を興味深そうに見ている。

「確かに！　さすがレックスさんです。すべては鑑定してからですね。ええ、それがいいでしょう。善は急げです」

「急に元気になったわね」

ブラックにくすくすと笑われ、「したければどうぞ。あなたの物なのだから」と片腕を広げて促された。

「では、遠慮なく、鑑定します」

魔法で光源を出し、右手にある〝天界の黒蛋白石《ヘブンズ・ブラックオパール》〟に光を当てて、ジュエルルーペを覗き込む。

親指の爪よりもやや大きい〝天界の黒蛋白石《ヘブンズ・ブラックオパール》〟は希少性に比べて大ぶりな魔宝石だ。

光を当てると場所に応じて自色である黒色から深灰色に変化し、内包された青、緑、赤といった様々な色合いが遊色として浮かび上がる。星降る夜に虹が溶け込んでしまったような、美しくもどこか切なく、鑑定する者を別世界へと誘う美しさが燦然《さんぜん》と輝いていた。

息が止まる美麗さに意識が没入していく。

瞳に魔力を通し、身体ごと深く潜っていくように集中した。

通常の魔宝石では考えられないほどに魔力の層が厚く、私の意識は落下していくように〝天界の黒蛋白石《ヘブンズ・ブラックオパール》〟へと吸い込まれた。

底知れぬ魔力の深淵を目指して私は落ちていく。

やがて、闇夜の湖畔に映る月光のような魔力の根源が最深部にあり、ふわとそよ風が吹いて水面が揺れ、月光が短冊状に切れ切れとなって幾千もの形に変わった。

その一つ一つの光に遊色が煌めいており、いつしか私は虹の輝きに取り込まれていた。

魔力の流れを冷静に確認し、類似している資料や文献を脳内から引き出して当てはめていく。未知なる魔宝石の鑑定に心が躍り、ずっと鑑定を続けていたくなった。

数十分ほどである程度考えがまとまり、後ろ髪を引かれる思いで意識を魔宝石から離した。

「……ふう」

息を吐いて前を見ると、レックスさんが待ってくれていたのか、近づいてきた。

クリスタは待ち疲れたのか、紫水晶の欠片をブラックの頭に落として綺麗でしょ、と笑って遊んでいた。ブラックは憮然とした表情だが怒ってはいないみたいだ。

「どうであった？」

「……凄いとしか言いようがないです。ずっと見ていられますよ。虹で全身が包まれるような、そんな感覚になりました。ああ……素敵だよ……」

〝天界の黒蛋白石《ヘブンズ・ブラックオパール》〟を優しく指で撫でる。

なんて素敵な子なのだろう。

あなたに出逢えてよかった。

素晴らしい夢を見せてくれてありがとう。

「ふふふ……ヘブちゃん……可愛い」

私が〝天界の黒蛋白石《ヘブンズ・ブラックオパール》〟ことヘブちゃんを愛おしくなでなでしていると、小さく噴き出す音が前から聞こえた。

顔を上げると、レックスさんが口角を上げて笑っていた。

いつも無表情だからギャップが凄い。

思わず固まってしまった。

「すまない。直前まで死と隣合わせだったとは思えない、ゆるい顔だったものでな」

笑ったレックスさんは、なんというか、とても可愛い感じがする。失礼かもしれないけどどこか子犬っぽい雰囲気があった。

「あっ……お目汚し、失礼しました」

自分の顔を触ると、確かに頬がにんまりと上がっていた。

私ごときのゆるい顔を見せられては笑うしかないだろう。恥ずかしくなって、ちょっと頬が熱くなってくる。

「オードリー嬢はずっと変わらないのだろうな」

「それはもう、はい。このために生きてますから」

開き直ってうなずくと、レックスさんはもう一度噴き出すのを堪えるようにして拳の上部で口を押さえ、一呼吸して無表情に戻った。

惜しい。もう少し見ていたかった。

レックスさんの笑顔は百年に一度だけ輝きを生むという伝説の〝百年石《ロングバケーション》〟と呼ばれる魔宝石と同等の価値がある気がした。

「オードリー嬢は偉大な鑑定士になる。これは前から言っているが、さすがだ」

「あの、それって褒めてますよね？」

「間違いなく褒めている」

レックスさんが肩をすくめて軽く両手を広げ、私が次の質問を言う前に口を開いた。

「それで、鑑定結果はどうであった？」

〝天界の黒蛋白石《ヘブンズ・ブラックオパール》〟を一度見てから、推察できた事柄を脳内ですぐにまとめた。

「この魔宝石には願望と希望を叶える効果があるようです。先ほど、私が死んだはずの父との生活を送る夢を見たのも、私の意識から記憶を読み取り、魔宝石が願望世界を構築したからと推察されます」

「願望世界か……。それで、希望というのは？」

問いかけるレックスさんを見る。

黄金の髪、吸い込まれそうな碧眼、整った輪郭。

常に変わらない表情。

そして、先ほどのレックスさんの笑顔を思い出して、意を決した。

「レックスさん。死者と話をしてみませんか？」

「……それが希望だというのか？」

「おそらくですが、そうです。ブラックが言っている死者との会話というのは、希望に当たるのではないかと鑑定した今なら解釈できます。ブラックは〝天界の黒蛋白石《ヘブンズ・ブラックオパール》〟の精霊ですから、願望と希望を読み取ることができる……そうだよね？」

クリスタに絡まれているブラックがクリスタを振り払ってこちらに飛んでくる。

「私も私のことはよくわからないの」

「少なくとも悪いようにはならないでしょう？」

「ええ」

「ということなので、レックスさんがお母様とお話をしてみたいと思うのであれば、ぜひ」

レックスさんが視線を虚空へさまよわせ、右手でポケットに触れた。そこには懐中時計が入っている。

大切な思い出の品なのだろう。

数秒考えると、レックスさんが視線をこちらへ向けた。

「……少し、時間をくれないか？」

レックスさんが困ったように、ほんの少しだけ眉尻を下げた。

17

〝天界の黒蛋白石《ヘブンズ・ブラックオパール》〟を手に入れた私たちは精霊の森を抜け、不安げに待っていた鉱夫長さんと合流して、森の中に設置されている魔物が出づらい安全な野営地点で夜を明かした。

〝天界の黒蛋白石《ヘブンズ・ブラックオパール》〟の話をすると、噂が流れて自然と王都まで話がいってしまうため、私たちは黙っておくことにした。王族の耳に入れれば、婉曲的に貸与せよと言われてしまう可能性が高い。

父さんの見つけた〝炎雷の祝福《トールブレス》〟も数年間は返ってこなかった。

そのことをブラックに言うと寂しそうな顔をしていたので、〝天界の黒蛋白石《ヘブンズ・ブラックオパール》〟は私物にしようと思う。いつか時が来たら、公表するつもりだ。

その代わり、ブラックが一つだけあった〝黒蛋白石《ブラックオパール》〟の居場所を教えてくれたので、そちらを採掘して目くらましにする予定だった。

「鑑定士様！　ウン百年見つけられなかった〝黒蛋白石《ブラックオパール》〟を一日で見つけちまうなんてさすがです！　それ一個で王都に豪邸が建ちますよ！　くぅ〜、羨ましい！」

鉱夫長さんが興奮してはしゃいでいる。

私たちが〝黒蛋白石《ブラックオパール》〟を見つけたことと、ブラックがいなくなったことで、精霊の森への探索が進むのはもう少し先のお話だ。

旅館に戻り、冒険の疲れをお風呂に入って癒やしたあと、レックスさんと合流してカーパシー魔宝石商の支部へと向かった。

商談室にはゾルタンと事務員の女性。そしてなぜかドール嬢がいた。

「あら、帰ってきてしまったのね。残念だわ」

ドール嬢がボリュームのある赤い髪をふわりとかき上げて、ふふんと顎を上げた。

ゾルタンが止める前に私に近づき、一枚の手紙を見せてくる。

「あなたが〝黒蛋白石《ブラックオパール》〟を探すふざけたお遊びをしているうちに、わたくしは先に進んでいますの。見てご覧なさい。お父様がわたくしの不正が無実であると弁護士に相談しているのよ。ほら、ここに書いてあるわ」

「そうなんですね」

どう答えればいいかわからず曖昧に返事をしてしまう。

私の態度が気に食わなかったのか、ドール嬢が眉を吊り上げた。

「いい気になるのも今のうちよ。わたくしが鑑定士に返り咲くのも時間の問題ということが理解できないのかしら。おわかり？」

ドール嬢は鑑定士全体の尊厳を落としてしまった。

それを忘れてはいけない。

「鑑定士にさえ戻れば、レックスさんの隣にいるのは……」

ドール嬢が何かをぶつぶつと言って私を睨む。

個人的にあれこれ言われるのは別に何とも思わないけれど、鑑定士が簡単になれる職業だと言われている気がして胸が痛んだ。

「不正は確実だとギルドは判断しております。資格の再取得は難しいと思いますよ」

「お父様がどれだけすごいのか思い知るといいわ」

ドール嬢が出している手紙から目をそらし、ゾルタンへと視線を向けた。

「ちょっと！　無視しないで！」

彼女が喚いているけれど、ひとまず早く話したいことがある。

ドール嬢が手紙を私の頬に押し付けてくるのを、ひょいとかわした。

「カーパシー様。私たちは本日王都に戻ります」

部屋で一番上等なソファに座っているゾルタンが組んでいた脚を正した。

「そうか。視察、感謝する」

酷薄な瞳で私とレックスさんを見て、苦々しく口元を歪めた。

話が始まってしまったので、ドール嬢が仕方なくゾルタンの背後に戻る。

ゾルタンはそれを横目で見て、私たちへと視線を戻し、小さくため息をついた。

「約束は守っていただけますよね？」

「約束？　ああ、採掘した魔宝石をくれてやるという約束か？」

「そうです。念のためこちらをご確認ください。今後の採掘に必要かと思い、資料を作りました」

採掘した魔宝石の種類、採掘場所、価値などをまとめた書類を見せる。

「ふん。上質な〝蛋白石《オパール》〟でも見つけたか？」

ゾルタンは興味がなさそうに資料を受け取って、文字に目を落とした。

そして、二ページ目で動きが止まった。

書かれている文字を二度見し、勢いよく顔を上げた。

「〝黒蛋白石《ブラックオパール》〟を見つけただと?!」

部屋にゾルタンの大声がこだまする。

女性の事務員が驚き、ドール嬢があり得ない奇術を見せられたように目を見開いた。

「……どういうことだ？　先々代よりもはるか前から探して見つからなかった魔宝石だぞ？」

「精霊の森に入り、発見しました」

「見せろ」

ゾルタンがソファから立ち上がった。

「こちらです」

バッグから魔宝石箱を取り出し、ゆっくりと開けた。

万が一を考えてか、レックスさんが私に半歩近づいて護衛をしてくれる。

箱を開けると、虹色の遊色を持つ、〝黒蛋白石《ブラックオパール》〟がお目見えした。

〝天界の黒蛋白石《ヘブンズ・ブラックオパール》〟と比べてしまうと魔力の輝きが落ちるけれど、それでも王都でも数個しか存在しない超希少な魔宝石だ。

うっとりして、感嘆のため息が漏れてしまう。

「な……本物……？　本物なのか？」

ゾルタンが食い入るように魔宝石を見つめる。

いつも冷酷で冷静であるはずのゾルタンの動揺ぶりは凄まじく、魔宝石を見ては資料を読み返し、また魔宝石を見つめるという作業を繰り返す。

「精霊の森の奥には剣鹿《ソードディアー》が群れを作っている。紫水晶の小さな破片で埋め尽くされた平原が存在している、だと？　そんな馬鹿な……。精霊の森から帰ってきた人間はいないんだぞ。今まで一人もだ」

「条件はわかりませんが、必死に進んだら紫水晶群を抜けることができました」

ゾルタンが襟首をつかみかねない勢いで私に顔を寄せたので、思わず魔宝石箱を閉じて一歩下がった。

「他には？　これ一個だけか？」

「残念ながら……。〝黒蛋白石《ブラックオパール》〟は相当量の魔力を内包しているので、魔物に見つけられて食べられてしまったのでしょう。魔宝石を食べる魔物は一定数おりますので……。心の底から残念です」

「……真実か？」

「近いぞ。オードリー嬢から離れてくれ」

レックスさんが見かねて興奮しているゾルタンを押しのけるも、ゾルタンは意に介した様子もなく部屋を歩き始めた。

「くっ……早急に調査隊を発足せねば。待て、このままオードリーに依頼するか？　いや、それでは面目丸つぶれだ。元婚約者を頼るなどできん。うちの鑑定士にやらせなければ……しかし……」

ゾルタンが部屋をうろうろして考え始めたので、「では書類に書かせていただいた〝黒蛋白石《ブラックオパール》〟、〝蛋白石《オパール》〟、〝虎目石《タイガーアイ》〟、〝琥珀《コハク》〟、その他の魔宝石はお約束どおり頂戴いたします」

「約束は約束だ。証文もある。勝手にしろ」

「ありがとうございます」

丁寧にカーテシーをしてレックスさんを見ると、彼が小さく首肯した。

〝黒蛋白石《ブラックオパール》〟の資料を見せて度肝を抜き、その他魔宝石の存在はうやむやにしてしまおうという作戦が上手くいった。

その他魔宝石の中に〝天界の黒蛋白石《ヘブンズ・ブラックオパール》〟が入っている。聞かれたら答える義務はあるけれど、詳細には記していないという寸法だ。

「〝黒蛋白石《ブラックオパール》〟を見つけたですって!?　ふざけないで！」

いきなり金切り声を上げたのはドール嬢だった。

「いい加減になさい！　あなたはどれだけわたくしをコケにすれば……ッ！」

泣く子も黙るオーガのような形相でドール嬢が考え事をしているゾルタンを邪魔だと体当たりしてどかし、私に組み付いてこようとした。

咄嗟にハムちゃんをベルトから引き抜いた。

「――【固まれ《エラティ》】」

精霊魔法が発動してドール嬢が両手を伸ばした状態で硬直した。

「なっ……う、動かない……また！　キイィィッ！　〝黒蛋白石《ブラックオパール》〟を寄こしなさい！」

歯をむき出しにして怒っている顔は申し訳ないけれど剣鹿《ソードディアー》よりも恐ろしかった。

『鹿の魔物より凶悪だねぇ〜』

『同意するわ』

つまらなそうに周囲をふわふわ飛んでいたクリスタとブラックが、ドール嬢の頭上で声を揃えた。

どうやら精霊の二人も私と同意見らしい。

ちなみにブラックは姿を消して、私にしか見えないようになっていた。

「えーっと……それでは、ごきげんよう。そちらの魔法は正当防衛でかけさせていただきました。五分ほどで切れます」

逃げるようにカーテシーをし、ゾルタンにも挨拶をする。

ゾルタンもまだ何か言いたげだったけれど、これ以上あの部屋にいてもいいことは起こらなそうだ。レックスさんも早く退散したいのか軽く頭を下げて、さっと部屋のドアを開けてくれた。

こうして、渓谷鉱山の視察はいろいろとあったけれど、個人的には有意義な経験ができ大成功に終わった。

一度旅館に戻り、帰りの準備を整えた私とレックスさんが馬車に乗り込むと、鉱夫長さんや鉱夫さんたちが駆けつけ、見送ってくれた。ゾルタン、ドール嬢、カーパシー魔宝石商の従業員は見送りに来てくれたものの、申し訳程度の挨拶をしてすぐに事務所へ戻っていった。〝黒蛋白石《ブラックオパール》〟が見つかったことで緊急会議を開いているらしい。

皆さんは、馬車が見えなくなるまで手を振ってくれた。

私も窓から身を乗り出して振り返す。

旅先の一期一会を体験して、今だけは自分がご令嬢のような物語の主人公になった気分だった。

ダニア渓谷に流れる川に沿って道は進む。

ここまで強行スケジュールできたので、馬車の揺れが気持ちよくて、あくびが漏れてしまった。

この後は中継地点の宿場町で一泊して、次の日の昼過ぎに王都へ到着する予定だ。

私が両手で口を押さえてむにむにとあくびを噛んだところで、レックスさんがおもむろにポケットから懐中時計を取り出した。

「精霊のブラックはオードリー嬢の近くにいるか？　死者との会話を……お願いしたい」

彼の目はいつになく真剣だった。

○

宿場町に到着した私たちは荷物を宿屋へ置いて夕食を済ませ、星がよく見える小高い広場へと足を運んだ。

夜半前の広場には人がおらず、満天の星が頭上に浮かんでいた。

「星が綺麗ですね。魔宝石には負けますが」

私がそんなことをぽろりと言うと、レックスさんがわずかに目を細めた。

「ブラック。レックスさんに姿を見せられる？」

クリスタとは逆のポケットに入っていたブラックが、ふわりと宙に浮かんだ。

「いいわよ。誰もいないみたいだし」

ブラックの黒い二枚羽が輝くと、レックスさんがブラックのいる方向へと視線を移した。どうやら彼にも見えるようになったらしい。

「私、認識阻害が苦手なの。オードリーにだけ見えるか、全員に見えるかのどちらかしかできないから、今回だけは特別よ」

ブラックがレックスさんに言うと、彼がうなずいた。

「感謝する」

「あなたが鑑定士の相棒だからってだけよ。勘違いしないで」

「相棒と言われても、オードリー嬢には実力で置いていかれそうだがな」

レックスさんがこちらを見て、ブラックへ視線を戻す。

置いていかれそうなんてとんでもない。私のほうが経験不足だ。精進せねば。

「大事に使いなさいよ、あの子の角」

「わかっている。王都に戻ったら加工して剣にする予定だ」

「それならいいわ」

ブラックは剣樹鹿《カリュドンディアー》の角の行く先に納得したのか、くるりと一回転した。

「どちらから話す？　まずはオードリーかしら」

「私もいいんですか？」

「いいに決まってるじゃない。元からそういう約束でしょう？」

「でも、私は魔宝石に触れたときに父さんとの夢を見たので……」

「いいから話してみなさいよ」

ブラックは妖艶で蠱惑《こわく》的な笑みを浮かべ、二枚羽を小刻みに揺らした。

魔法陣が浮かび上がり、ぼんやりと周囲が発光する。

光が三メートルほど先に集まっていき、人間の形を作り、何度か波打って父さんの姿に変形した。

出現した父さんは半透明だった。太い眉、切れ長で思慮深い目、頑固そうにちょっとだけ張り出した輪郭は変わらない。外出の際に愛用していた茶色いスーツとループタイをしており、手には白手袋をつけている。

「好きなことを話すといいわ」

ブラックが身を引いて促してくる。

「……」

父さんは優しげな瞳でこちらをじっと見ていた。

死者……。半透明の存在。

それでも、この父さんが偽物だとは思えなかった。

「心配かけたかもしれないけど、私は大丈夫だよ」

「……」

父さんが何か言ってくれるのではないかと思い、しばらく待ってみることにする。

しかし、何もしゃべらない。

一分ほど無言が続くと、父さんは満足した様子で踵《きびす》を返した。

そのまま、父さんは光になって星空へと消えてしまった。

やはり無口で笑ってしまいそうになった。

「……何も話さなかったのね」

それでいいのかと、ブラックが視線で言ってくる。

「無口な人なので」

「もう出せないわよ」

「え、一人一回なんですか？　それならそうと先に……でも、まあ、大丈夫です。多分、何回出てきても無言だと思いますから」

父さんは余計なことを話さない。鑑定士ならば相手の考えていることを読み取れ、とずっと教わってきた。話すのが面倒くさいからそう言っていたかもしれないけれど。それに、願望世界で十分に話せたし、もう未練はない。いきなりおしゃべりになっていても気味が悪いし、むしろ安心した。

「親子揃って変なのね」

ブラックがあきれた様子で肩をすくめる。

私は至って普通だと思うけれど……。

「石ばかり眺めている子が普通だなんて言わせないわよ」

「ごもっともです」

ブラックに先回りして言われ、うなずくしかなかった。

彼女は満足そうに腕を組んで、「私たち精霊にとっては嬉しいけどね」と言う。

「じゃあ次は魔道具師の母親を出すわね」

マイペースなブラックはレックスさんの許可を取らずに魔法陣を構築し始めた。

レックスさんの前に光が集合していき、ゆっくりと人の形を象《かたど》っていく。

彼は無表情ながらも、やや緊張した空気でじっと待った。

やがて光は人間の姿になり、半透明の女性が現れた。

レックスさんと同じ金髪碧眼、整った相貌、やや華奢な体躯《たいく》、背はあまり高くなく、風が吹けば消えてしまいそうな儚い女性だった。年齢は二十代中盤くらいに見える。恋愛小説に出てきそうな深窓の令嬢という言葉が似合う方だ。

「レックス、大きくなったわね」

お母様はその場から動かず、優しく微笑んだ。

笑うと儚げな印象から、快活な雰囲気に変化した。言い方は悪いかもしれないけれど、笑っているほうがずっと人間らしくて魅力的な方だと思えた。

「……はい。無事に成人しました」

「魔道具師になれたのね。黒い手袋が似合っているわ。あなたは昔から手先が器用だったものね」

「そうでしょうか」

「そうよ。私に花の冠を作ってくれたじゃない。そういえば、あの冠はどこにあるのかしら」

「母上が魔法使いにお願いしてドライフラワーにしましたよ。その後は、……棺に入れました」

少し苦しげにレックスさんが瞳を足元へ下げた。

「そうだったのね。私の宝物だから嬉しいわ」

お母様が右手で口を隠して上品に笑う。

元は平民であったのに、完成されたお淑やかな所作だ。伯爵の妾として苦労なされたのだろう。

「懐中時計、まだ使っているのね」

お母様がレックスさんのポケットの膨らみを見て言った。

レックスさんが黙って懐中時計を取り出し、開いてみせた。

秒針が止まっている。

「故障かしら？」

「最近、よく止まります」

「まあ。懐中時計も癖がつくと扱いが難しいものね」

お母様がゆっくりとレックスさんに近づいた。

レックスさんは後ずさりするわけでもなく、じっと懐中時計を見つめていた。

「本当に大きくなったわね」

お母様がレックスさんの頬に手を伸ばすが、手のひらは頬に触れず、すり抜けた。

「もう一度だけあなたに触れたかったのに……」

「……」

「ねえレックス。私が死んでからの人生はどうかしら。楽しい？」

「それなりにやっております。仕事は楽しいです」

「やっぱり……あまり笑えない？」

レックスさんがハッとした様子で顔をこわばらせた。

そんな彼の様子を見て、お母様は自戒するように両手で胸を押さえた。

「笑顔が似合うと言った私の言葉は負担になってしまっていたのね……。ごめんなさい。不甲斐ない母親で。私が病気にならなければ、伯爵家での立場も少しは良いものになっていたのに」

「……気づいていたのですか」

「これでも母親ですもの」

お母様は悲しげに笑う。

「第一夫人が私とあなたを憎んでいて、立場が弱いことは知っていたわ。病気になった私は別宅に住まわせてもらっていたのよ。あなたが成人するまでは生きていたかったけど、それも叶わなかった。私が生きてさえいれば、レックスが家を追い出されることはないからね……」

「ずっと……無神経に笑顔が似合うと言われていると思い……だから、母さんを少しだけ恨んでいました。それから、笑いたくもないのに笑顔を作っていたことを申し訳なくも思っておりました」

「やっと母さんって呼んでくれたわね」

お母様が嬉しそうに笑うと、レックスさんが気まずそうに指で頬をかいた。

「私はね、死んでからのことをずっと心配していた。あなたが伯爵家を追い出されて路頭に迷うのではないかと危惧していた。なんの力もなかった母さんでごめんね。こんなに立派になって……気にかけてくださったミランダ様になんとお礼を言えばいいのか……」

「ミランダ様のおかげで、今は楽しい人生を送っています」

「よかったわ。本当に……」

触れようとした手が頬をすり抜ける。

「肉体がないというのはもどかしいわね」

お母様の身体が徐々に薄くなり、光が散り始めた。

ブラックが二人の間まで飛んできて、残念そうに口を開いた。

「そろそろ時間よ」

「最後に笑ってみせて？　できる？」

お母様は星空を抱くように微笑んだ。

レックスさんは何度かまばたきをし、なぜか私に視線を向け、お母様へと向き直った。

「母上。次会うときは死後の世界でしょうか」

「レックスは長く人生を楽しんでね。狭い世界しか知らなかった私の分まで、多くの人と出逢い、色々な物を見て、感じてちょうだい。あなたにしてあげたかったことが、私にはできなかったから。だから……ごめんね……」

「話ができて……嬉しかったです」

レックスさんは懐中時計へ視線を落として握りしめると、ゆっくりと顔を上げた。そこには、彼の自然な微笑が浮かんでいた。

お母様はレックスさんの微笑みを見て一瞬だけ驚き、慈愛の笑みを浮かべたまま静かに涙を流した。

涙が頬から顎に伝い、淡い光となって、空中へと消えていく。

「そう……そちらのお嬢様があなたの良い人なのね。よかった。安心して消えられるわ」

お母様が私を見て小さくうなずいた。

レックスさんが、

「大切な仕事仲間です」

と言って、私を紹介してくださった。

「鑑定士のオードリー・エヴァンスです。レックスさんには大変お世話になっております」

「あらあら……恋愛のことも教えるべきだったかしら……」

小さな声でお母様が何かをつぶやいた。レックスさんに女性の友人がいることが嬉しいのかもしれない。

「母上？　何か？」

「ふふふ、なんでもないわ」

お母様が少女のように微笑むと、身体を構成していた光が明滅して、散り散りになっていく。

「……愛しているわ、レックス……」

「……母さん」

「笑顔あふれる……人生を……」

お母様は宙へと消えた。

レックスさんは光に手を向けようとし、力なく下ろした。

数秒前までいたお母様の姿はそこにはなく、満天の星と、それを見上げる精霊ブラック、いつの間にか私のポケットから出てきたクリスタが、羽を揺らして極小の光彩をちらちらと散らしているだけであった。

私たちは星空を見上げた。

〝黒蛋白石《ブラックオパール》〟のような濃暗の空がどこまでも広がり、星々が銀砂をちりばめ、夜の空を彩っている。超越的な自然が生み出した星空は、人の手では作ることのできない天然の魔法石のようだった。

どれくらい空を眺めていただろうか。

レックスさんがふいにこちらを見た。

「私は平民の子で、伯爵家に居場所がなかった。この顔のせいで兄弟たちからは妬まれ、父親には母を思い出すからという理由で……笑うなと言われた」

そのときの光景を思い出したのか、レックスさんが小さく息を吐いた。

子どもの頃に母を失い、父から「笑うな」と命令されるなんて……トラウマになっても仕方のない出来事だ。少年時代のレックスさんは深く傷ついたのだろう。

「いつからか、自然に笑えなくなってしまった。私は心配させまいと、そのことを母に隠していたんだ」

「……お母様には見抜かれていましたね」

「ああ。どうやら私はずっと勘違いをしていたようだ。母は、強かった。単純な人ではなかった。子どもだった私の考えなどお見通しだったらしい。悩んでいたのが……大したことではないと思えてきた。仲良くもない父親に笑うなと言われて、それに従う道理はない」

レックスさんがポケットから懐中時計を出して裏蓋を開け、小さな鍵を鍵穴に差し込み、ゆっくりと回していく。

ジイ、ジイ、と小さな音が静かな夜に響く。

作り物のように美しいレックスさんの横顔はいつもとは違ったどこか晴れやかな顔つきで、口元には微笑が浮かんでいた。

「レックスさんには笑顔が似合いますよ」

私がそう言うと、レックスさんはゼンマイを見たまま口を開いた。

「オードリー嬢が魔宝石を発見した瞬間の顔は、やはり面白いな」

「え……？　私の顔を思い出して笑ってるんですか？」

「営業スマイルとやらが必要なときは利用させてもらおう。母からも、笑うようにと言われたことだしな」

「あの、他のことで笑いませんか？」

レックスさんはそれには答えず、ゼンマイを巻き終えると小さく肩をすくめた。
顔はいつもどおりの無表情に戻っているけれど、どこか楽しげな目をしていた。

18

渓谷鉱山の視察から早いもので一ヶ月が経過した。

視察から戻った私たちは、ミランダ様主導のもと、スフェーン式懐中時計の量産体制に入った。

製作工程は仕入れ、研磨、懐中時計への付与、という順番である。

とは言っても、ほとんどミランダ様と知己である商人に丸投げである。

商人の方は新型の懐中時計を王国で初めて取り扱えることに、震えていた。

レックスさんは開発者として、エヴァンスハートカットの施された〝榍石《スフェーン》〟と懐中時計を定着させる魔法陣の簡略化に成功し、特許を取ってスフェーン式懐中時計のために雇った魔道具師を指導している。魔法陣が簡略化されれば、技術力の低い魔道具師でも演算が可能だ。一日に作る数も増やせる。こうして魔道具は量産されていく。

また、私の開発したエヴァンスハートカットも信用できる彫刻師を雇って、特許を開放して研磨いただいている。王都で三番目くらいに有名な彫刻師の商会を丸々雇っているというから、ミランダ様も剛毅だ。

〝榍石《スフェーン》〟はもちろんカーパシー魔宝石商から買い付けており、新型が発表されてから市場の値段が高騰しているようだ。

ゾルタンからは何度も手紙が届いて、〝楔石《スフェーン》〟を安く契約した件、どうにかしろ、と文句を言われている。二年間据え置きの契約なので黙っていただきたいものだ。

あと、なぜか食事のお誘いもついでのように手紙に入っている。

ゾルタンと食事に行っても何を話せばいいのかわからない。今さら近づいてこられても、正直言って迷惑なだけだ。私が与《くみ》しやすい相手と知っているから、鑑定士として囲い込みたいのだろう。

しかし、残念ながら私は昔の私ではない。

小説のご令嬢のような人に物が言える立派な社会人の女性として、日々精進しているのだ。

まだ全然完璧とは言えないけれどね……。

耳ざとい貴族が〝楔石《スフェーン》〟が新型懐中時計に使われていると知って、どうにか作り方を知ろうと商魂たくましい商人を我が家にけしかける場面もあったけれど、私がエヴァンスハートカットで特許を取っているため、カットの方法を知ったとしても許可なく作製はできない。王国の罰則は厳しいため抑止力は高い。特許を取っておいてよかった。

今のところ、スフェーン式懐中時計はミランダ様の商会でのみ作製されているので、買うにはミランダ様の窓口を通すしかなかった。

「第二騎士団、魔道具師ギルド、鑑定士ギルド、時計商工会に指定の数は行き渡ったようだな」

「そうみたいですね。昨日、ギルドから連絡をいただきました」

昼下がり。私とレックスさんは仕事の合間に王都で人気のカフェへと来ていた。

丸テーブルには、白いカップに入ったコーヒーが心地よい香りを立ち上らせている。

レックスさんは香りを楽しむようにコーヒーを一口飲み、優雅な所作でソーサーに戻すと、ポケットから懐中時計を取り出した。

お母様の形見である懐中時計の文字盤には、エヴァンスハートカットが施された〝楔石《スフェーン》〟が輝いている。

レックスさんは無表情ながらも、以前とはどこか違う顔つきで時刻を確認した。

聞けば、お母様とお話をされてからご自分の手でスフェーン式懐中時計に改修したそうで、「止まってしまう時間を動かすため」と言っていた。

〝楔石《スフェーン》〟の魔力が続く限り、懐中時計は動き続ける。

きっと、レックスさんの中で大きな変化があったのだろう。

結果的にスフェーン式懐中時計を発案してよかった。

懐中時計をポケットにしまうと、レックスさんが顔を上げた。

「どうかしたか？」

「いえ、なんでもありません」

私は左右に首を振った。

「スフェーン式は一般流通には今少し時間がかかりそうだな」

「懐中時計の本体をこちらに流さないよう、時計商工会が圧力をかけているようですね。売上の分配にご納得されていないのでしょう」

「そうは言っても、今までが取りすぎだ。王国側もテコ入れはしないと明言している。おそらく、第三王女が介入したおかげだろう」

ラピス王国の第三王女。ローズアリア王女は王族の中では特異な人物で、個人で莫大な資産を持っている。慈善事業家で、結婚したがらず、国民が便利に生活する姿が好きという、世にも奇妙な王女だ。

「ローズアリア王女殿下はどんな方なのでしょうか？」

「ああ、その話だが、近日中にオードリー嬢と私が王城へ召還されるだろうとミランダ様がおっしゃっていた」

「……王城ですか？」

「ああ。ローズアリア王女殿下がオードリー嬢に会いたいそうだ」

「ちょっと待ってください。私に？　王国きっての有名人である、あの王女殿下が？」

「オードリー嬢も噂の人物になりつつあるぞ」

「そういうことではないのですが……それは……本当ですよね」

レックスさんはこの手の冗談を言う方ではない。

「ミランダ様が最低限の礼儀作法を教えるそうだ。いつでもいい。空き時間に邸宅へ行ってくれ」

「王城ですか……。緊張で胃が痛くなりそうです」

第三王女からのご指名とあらば断るわけにもいかない。

この後、レックスさんとスフェーン式懐中時計の情報交換をし、貴族街にあるミランダ様の邸宅へと向かうこととなった。

「よく来たわね。さあ、時間がないわ」

ミランダ様は喜々とした様子で私の手を引き、邸宅の自室へと招いてくださった。

お話もそこそこに、入城の際の注意事項や礼儀作法をベテランメイドさん指導のもと教わり、ディナーをごちそうになって、帰宅した。慣れないポーズを何度もやったので、明日は軽い筋肉痛かもしれない。

入城は三日後になるそうだ。

明日は洋服店に行くことになっている。

ミランダ様はなぜかレックスさんが好きそうなデザインを選ぶと言っていたけれど、会うのは王女殿下なのであまり関係がないと思う。まあ、私と一緒にレックスさんも行くわけだから、それなりの服装にしてある程度の釣り合いを取らせたい、というおつもりかもしれない。

ちなみにだけど、〝天界の黒蛋白石《ヘブンズ・ブラックオパール》〟については、ミランダ様にもお話はしていない。

我が家に定住し始めたブラックが、出逢った頃よりもずっと楽しそうなので、彼女の居場所を取り上げたくないためだ。

クリスタとブラックはよくリビングで日向ぼっこをしながら、おしゃべりしている。

大体はクリスタが話しかけて、ブラックが「興味はないけれど、聞いてあげる」と、ちょっとつれない態度で対応している。それでもブラックは言葉とは裏腹に、聞く姿勢はきちんとしているから、可愛かった。

クリスタがおやりになるコーヒー豆についてはまったく理解できないみたいだけれど。

そういえば、ブラックと私は仮契約のような状態になっているそうだ。

クリスタと完全契約をしているため、ブラックが遠慮をしているらしい。

目玉は二つしかないし、契約の条件が気になる。

現状、クリスタとの契約だけで事足りているので、あらたに契約する予定もない。魔力回路《パス》はブラックとも微弱ながら繋がっているため、魔力が以前よりも高まっている、とクリスタが嬉しそうに言っていた。

これ以上、強力な魔法が使えても怖いだけなので、あまり聞かなかったことにしている。

○

ラピス王国の中心部にある白亜城は、国民の誰しもが憧れている。

様々な物語の舞台に何度も登場し、雨の日も風の日も常にその美麗さが保たれている姿は、国民の心の支えともなっていた。

純白の外壁と、建物の石柱には巨大水晶が利用されていた。初代国王が建国の際に、巨大水晶を削り出して城に利用しようと思いついたそうで、白亜城の内部は幻想的で美しい光景が広がっているという。

『人間のお城かぁ〜。いいねえ〜』

クリスタが楽しそうに飛び回って、城内を見ている。

ブラックは家にいるのが好きみたいなので、お留守番をしている。彼女を連れるなら魔宝石も持ち歩かないといけないため、ありがたい。

私とレックスさんは王国騎士に連れられて、第三王女のいる赤の離宮へと向かっていた。

白亜城は内部も美しく、防衛のためか壁には金剛石《ダイヤモンド》が埋め込まれていた。壁自体を魔道具化して硬化の能力を付与しているようだ。等間隔で輝くダイヤが見られるので大変目の保養になる。奥まで続く壁すべてにダイヤが使われているので、お値段のほどは考えたくないレベルだ。

隣を歩くレックスさんは、普段よりも上質なダークブラックのスーツにネクタイを締め、タイピンには優しげな青色をした魔宝石、黝簾石《タンザナイト》を加工したものを装着している。心を落ち着ける効果がある魔宝石だ。レックスさんの瞳の色と同じで、とても似合っている。

私は紆余曲折あって、普段とほぼ変わらない服装をしている。

素材などは変わっているので上質なものだ。

あまり着飾るのは鑑定士として見られない気がしたので、色々と提案してくださったミランダ様には申し訳なかったけれど、辞退した次第だ。

白亜城の東側に通されると、赤の離宮に到着した。

赤の離宮は小さな湖の上に建っており、ほんのりと赤みがかった球状の珍しい建物だ。湖の離宮との間には橋が三本かかっている。

そのうち一本は白亜城とつながり、もう二本は赤の離宮に入宮する人たちと、出宮する人たちの流れができていた。

「あれですね……相当な人数が待っていますね」

「さすが、慈善事業家のローズアリア殿下だ。対面したい人間も多いだろう。効率を考えて、帰還用の橋を建造したみたいだな。帰りの橋は真新しい」

「なるほど。確かに新しいです」

フラミンゴと呼ばれる脚の長い独特の鳥が湖で優雅に佇んでおり、赤い羽が美しい。

その上にある橋では、殿下と会いたい人々が列をなし、近衛騎士から順番に質問されていた。会う資格がない者は、橋と橋をつなぐ経由橋に行かされ戻っている。上と下の温度差がすごい。鳥は優雅だ。あと、私たちも白亜城から来ているので快適そのものだ。橋の行列からはうらやましそうな視線が飛んでいる。ちょっと申し訳ない気持ちになった。

うーん……湖の景観のために置かれた鉱石も素晴らしいね。

マラカイト、ラピスラズリ、イエロージャスパー、アイスアメジスト……この離宮を作った人は天才だろう。離宮が主役になるように緻密な計算がなされている。そして鉱石の大きさや種類も完璧だ。イエロージャスパーがここでみられるとは本当にラッキーだ。あれが採掘できる場所はどこだっただろうか。王国の南側だったかな？

「……オードリー嬢、石を見ていないで進んでくれ」

顔を上げると、十メートルほど前を進んでいるレックスさんに呼ばれた。

「すみません。つい」

いそいそと早足で合流して進む。

またやってしまった。騎士の方が呆れている気がするが、気にしないことにする。恥ずかしくて頬が熱い。

頬の熱さが取れる頃には赤の離宮に到着し、中に通されて、家具がソファとテーブル以外にない部屋に入った。簡略化されているけれど、機能美にあふれた部屋に見える。

しばらく待っていると奥の扉が開いた。

「第三王女のローズアリアです。ごきげんよう。座ったままで結構よ」

颯爽と登場したのは、ルビーのような燃える赤髪を眉の上で切りそろえた、美しい女性だった。執事とメイドを連れている。

王族らしい白を基調とした豪奢なドレス。胸には真珠のネックレスが二重にあった。何より特徴的なのは、時計を模したネックレスも装着していることだった。懐中時計を小型にし、蓋を外してネックレスに改造しているのだろうか。

秒針が動いているので、イミテーションではなく本物だ。

いきなりの王女の登場に、私とレックスさんはソファに座っていた腰を浮かせて固まっていたが、ローズアリア王女がすぐにソファへ座ったので、そのまま腰を落とした。

前髪をまっすぐ切りそろえているので一見年若く見えるけれど、決断力のありそうな切れ長の瞳はただならぬ人物だと思わせた。何より、やはり人の上に立つ人物はオーラというか、雰囲気が一般人とは比べものにならない。

ローズアリア王女が部屋に入ってきた時点で、彼女が主役なのだとすぐにわからされた。

「ミランダ・ハリソンの孫、魔道具師レックス・ハリソンでございます。本日はお会いできたことを光栄に存じます」

レックスさんがソファで丁寧に一礼した。

そのままでいいと言われたので、立ち上がらない判断だ。王族の言葉は絶対である。

ローズアリア王女がレックスさんを見て、一つうなずき、私に視線を向けた。

緊張して喉が渇きを感じると、ローズアリア王女の横でくるくると回って遊んでいるクリスタがいて、緊張がほぐれた。

「Dランク鑑定士、オードリー・エヴァンスでございます。此度の謁見、恐悦至極に存じます」

ローズアリア王女は簡単にうなずいて、自分の胸にある時計に触れた。

「時間を守らない面談者が多いの。時間は有限よ」

どうやら、相手に時間を見せるために装着しているらしい。合理的な方だ。

ローズアリア王女が、私に向かって手を差し出してきた。

突然の出来事に何が起きたのかわからなくなる。

「ホワイトがあなたと握手したと聞いてね。私もしたくなったの。いいかしら？」

「あ……ホワイト・エルデンズ団長ですね」

王女殿下と握手など恐れ多すぎる。何度かまばたきをして後ろに控えている執事とメイドを見ると、彼らはあきらめた様子で深くうなずいた。握手してくださいすみません、と無言で言われている気がした。

私はそっとローズアリア王女の手を握った。

すると、思った以上に強く握手をされて驚いた。

細い指がぎゅっと私の手を握り、すぐに離れた。

「スフェーン式懐中時計は過去最高の魔道具よ。あなたには何度感謝したかわからないわ。素晴らしい発案をありがとう、オードリー・エヴァンス」

ローズアリア王女が見るものを魅了する笑みを浮かべた。

「あの……はい。隣にいるレックス・ハリソン様のおかげでございます。私は思いつきを試しただけで、量産できたのは技術職の皆様がいてこそ……恐れ多いです」

「謙虚なのね。そこもいいわ」

ローズアリア王女は満足げにうなずいた。

「ありがたき幸せにございます」

「新しいカット方法を考案したそうね？　どういった着眼点からその発想に至ったのかしら？」

王女の質問に、なるべく簡潔に答えていく。

長い説明はお嫌だろうと予想した。胸にある時計が彼女の時間を決して無駄にしてはいけないと思わせた。

ある程度質問が終わってもう一度発案について褒められると、ローズアリア王女がやや前に身を

乗り出した。

「それで、他には何か思いつかない？」

「他にですか？」

「私はね、お金儲けも好きだけど、便利な物が世にあふれるのが大好きなの。だから、教育に多額の寄付をしているのよね。それで、何かないかしら？」

好奇心が止まらない、といった目を私に向けてくるローズアリア王女。

背後の執事とメイドは本当にすみませんと私に目で言っている。

何かないかと言われてもね……。

ああ、そういえば、懐中時計から派生したもので欲しいなと思っていた物が一つある。

魔宝石の魔力変化の時間を計測するときに結構困るので、あればいいなと思っていた時計だ。

「正確に時間を計測できる魔道具はいかがでしょうか？」

「計測？　今ある時計とどう違うの？」

ローズアリア王女が目を鋭くさせる。くだらないことを言ったら怒らせて罰則を出してきそうな目だ。それほど本気ということらしい。

「現状の懐中時計は秒数を測る場合、秒針をじっと見ている必要があります。そこで、ボタンを押すと秒針が止まる仕掛けを作ってはどうかなと思いました」

「……面白いじゃない」

「いっそ、計測専用の時計にしてもいいかもしれません。ボタンを押して開始し、もう一度押すと止まる。そうですね……名付けるならストップウォッチなどという名前になりますでしょうか」

「いいじゃないの。面白いわ。オードリー・エヴァンス。あなた、鑑定士にしておくのはもったいないわね」

「恐れ入ります」

「ミランダの孫。レックスと言ったわね」

ローズアリア王女がレックスさんを見る。

「はい、殿下」

「今すぐストップウォッチを作りなさい。できたら私のところに持ってくること。出資者は私の名前よ。分配については悪いようにしないから安心なさい」

「承知いたしました」

レックスさんが頭を下げ、ちらりと私を見た。

そういうアイデアがあるなら言ってくれと言いたげな目だ。

いや、何か言わないと帰してもらえなそうな勢いだった。私は悪くないです……。

その後、秒針に不変の効果がついたスフェーン式懐中時計にいくつかの魔法陣を付与して、ストップウォッチが完成するのだけれど、これは少しだけ後の話だ。

「オードリー・エヴァンス。何度も言うけれど、あなたの考案したスフェーン式懐中時計は本当に素晴らしいものだわ。ゼンマイ巻きの苦労から解放されるだけで、どれだけの人が便利になるか想像もつかないわね」

「恐れ入ります」

「何かほしいものはある？　なんでもあげるわよ」

「そんな……勿体無いお言葉でございます。そのお気持ちだけで十分です」

「わたくし言葉遊びが嫌いなの。何かあげたいのよ。それなら、思いつくまでここにいなさい」

ローズアリア王女……噂通りに独特な方だ。

ああ、なんということだ。すでに待つ気満々でいるのか、背後にいる執事から書類をもらって読み始めている。

執事に書類の不備を指摘して、今度はメイドからもらった別の書類にサインをし、テーブルにさらに別の書類を広げ始めた。ちらりとこちらを見ないでいただきたいです。

なんでも貰えると言われても困るんだよね。前回の大贋作会でも、一つ願いを叶えると言われたけれど、あのときは魔宝石卿のつけていた勲章を鑑定させてもらった。あ……そうだ。あれにしよう。うん、考えれば考えるほどほしいものだ。

「恐れながら申し上げます」

「いいわよ」

ローズアリア王女が書類から目を離さずにうなずいた。

「ほしいものとのことですが、赤の離宮の湖に置かれている鉱石を見てもよろしいでしょうか？」

「え？　何かしら？」

驚いたのか、王女が顔を上げた。

「湖にある鉱石を……鑑賞したいのですが」

「……あなた、適当に言ってない？」

ローズアリア王女が胡乱《うろん》げな目を私に向けてくる。

「と、とんでもないです！　本当に石が見たいんです。私、ずっと石が好きで……申し訳ありません」

「そう」

ローズアリア王女が後ろに控えているメイドに目配せをすると、メイドが恭しく一礼した。

「好きに見ていいわ」

「ありがたき幸せにございます」

深々と一礼する。隣にいるレックスさんが呆れている気がしないでもない。いや、気のせいじゃなくて小さなため息が聞こえてきた。

だって、他に欲しいものなんてないから……。

『わーい！　見に行こうよ！』

クリスタが、ぼくも見たかったんだ、と言ってくれて元気が出てきた。

それから、ローズアリア王女は颯爽と退室し、レックスさんはストップウォッチの開発をしたいからと赤の離宮を後にした。

私はメイドさんに連れられ、湖に降りた。

「ローズアリア殿下お付きのメイド、ティーニーでございます。ご自由に御覧ください。わたくしがご同行いたします」

「感謝いたします」

まずは浅瀬にある鉱石を一通り見て、そのあとは小舟を出してもらい、湖を五周ほどさせてもらった。

満足してティーニーさんに感謝を告げると、気づけば夕暮れどきになっていた。ティーニーさんが懐中時計をおもむろに開けて時間を確認し、無表情になった。

「鑑定士は皆こうなのですか？」

「……長かったですか？」

「……」

「長かったですよね。本当に申し訳ございません。昔から石のことになると夢中になってしまい……」

聞けば、橋の上からかなりの注目を集めていたらしい。

行列の面談を終わらせたローズアリア王女が白亜城に戻ろうとしたところにちょうど出くわし、「まだ見ていたなんて物好きね」と橋上から話しかけられ、なぜか笑われた。ひどく楽しそうにしておられたので、悪い印象にはなっていない……と思いたい。

「申し訳ございません……つい夢中になってしまい……」

小舟に乗った私とティーニーさんがローズアリア王女を見上げる。

ローズアリア王女は欄干に近づいて赤髪をしゃらりとかき上げ、楽しげに口を開いた。

「あなたが本物の石好きだとこれでよくわかったわ。六時間も見ているなんて……面白い。いつもすましているティーニーのそんな顔も見られて私は満足よ」

ローズアリア王女がメイドのティーニーさんを見て、にこにこしている。

ティーニーさんは今にも下唇を突き出しそうな、不服な顔つきだ。

「その子、私にずっとついているから、たまにはいいのよ」

メイドのティーニーさんから恨めしげな目を向けられた。ああ、私が長時間振り回したせいでこんなことに……。

「オードリー・エヴァンス。あなた、面白いわね」

「……恐れ入ります」

「いつでも遊びに来なさい。入城の許可を出しておくわ」

ローズアリア王女はそう言って、お供の執事と騎士たちを連れて、白亜城へと去っていった。

「殿下は自由な入城許可を数人にしか出しておりません。かなり珍しいことです。おそらく、近いうちにまた呼ばれますよ」

ティーニーさんがぽつりとそう言い、小舟をさっさと岸につけ、早く帰れと無言の圧を送ってきた。

私は礼を言って白亜城を後にした。

時刻は夕飯どきになり、無性に友人のモリィと話がしたくなって、チーズフォンデュの美味しいお店に行ってディナーをした。

モリィはローズアリア王女に白亜城へいつでも来ていいと言われたことを「またまたぁ〜」と言って中々信じてくれなかった。

19

白亜城を訪問してから一週間ほどが経過し、ローズアリア王女に招待されて一度お茶をご一緒した。

王女としては私がすぐに来るものだと思っていたようで、なんで早く来ないのかと怒っておられた。白亜城に気軽に遊びに来いと言われても非常に困る。メイドのティーニーさんには「殿下は距離感がちょっとアレなもので」と謝罪された。

私はどうやら王女殿下のお気に入りの人材となったらしい。

何にせよ、思わぬところでつながりを持てたので嬉しい。王女殿下が所持していた珍しい魔宝石を鑑定させていただいたので、私としてはもう王女殿下バンザイ、と両手を上げたいくらいだ。恐れ多いという気持ちも大きいけれど、人とのつながりは大切にせよと父さんも言っていたし、素敵な出逢いに感謝したい。

そんなこんながありつつ、日々の仕事をこなし、今日は休日だ。

自己裁量で休みを決められるのは本当に素晴らしいことだ。

ああ、我が青春は今である。

ご令嬢のセリフも出てしまうというものだ。

「新刊の第四章ね」

メルゲン書店のカフェで待っていると、やってきたモリィが私の前の席に座った。

黒髪ボブカットで、今日も快活な美人さんである。

「個人事業主の素晴らしさを噛み締めていたところだよ」

私が言うと、モリィがうんうんとうなずいた。

「元の職場がブラックすぎたものね」

「遠い過去に感じるなぁ」

「それだけ今が充実しているってことじゃない？」

モリィが店員にコナコーヒーを注文したので、私も同じものを頼んだ。

軽く現状報告をしていると、鑑定士ギルドの受付嬢であるジェシカさんがやってきた。

まつ毛が長くて黒曜石のような瞳を持つ、こちらも美人なレディだ。私が鑑定士試験を受けたときから何かと気にかけてくれており、今では友人関係になっている。

二人とも私にはもったいないほど素敵な友達だ。

「ごめんなさい。ちょっと遅れましたか？」

髪を一つにまとめて右肩から下ろしている休日スタイルのジェシカさんが、私の右隣に着席した。

店員にモカブレンドを注文する。ほどよい大きさの丸テーブルは三人座るとちょうどいい距離感だ。

「ううん。時間ぴったりですよ」

私がスフェーン式懐中時計を出して言うと、二人が「それが噂の」と顔を寄せた。

二人に懐中時計を見せてあげていると、注文したコーヒーが運ばれてきた。

今日もメルゲン書店に併設されているカフェは、お客さんで賑わっている。

席は七割ほどが埋まっており、半分ほどの客が書店で購入した本を読んで、コーヒーを楽しんでいた。

私たちもコーヒーの香りを楽しみ、雑談に花を咲かせる。

ゾルタンとドール嬢の話題になると、モリィもジェシカさんも手を叩いて喜んだ。

風の便りに聞いたけれど、ドール嬢はまだ渓谷鉱山で事務員として頑張っているそうだ。

「ドール嬢には手を焼きましたね。レックス・ハリソン様にストーカーまがいのことをして魔道具師ギルドからクレームが来るなんて、もう考えたくもありませんよ」

ジェシカさんがため息をついて、モカブレンドを一口飲んだ。

「ゾルタンざまぁだわ！　痛快、痛快！」

モリィはゾルタンが五年間私と婚約していたくせに一方的に婚約破棄した件をいまだに根に持っているらしく、てしてしと自分の膝を叩いて笑った。

「そういえば、ゾルタンからディナーの誘いが手紙で来るんだよね。どういうつもりなのかな？」

手紙を思い出して言うと、二人が顔を見合わせた。

「それはあれよ……未練たらたらなのよ」

モリィが言うと、ジェシカさんが深く首肯した。

「オードリーさんが美人で優しく、鑑定士として優秀で、面白い方だとようやく気づいて誘っているのでしょう。まったく……男って自分から別れようと言ってきた割に復縁したがりますよね」

「あ～、わかる。やっぱり君が忘れられないんだってやつね。都合のいいときだけ調子良く言うんじゃないわよって感じ」

モリィが肩をすくめてみせる。

二人はモテるので恋愛経験も豊富なのだろう。そういえば、最近の王国では晩婚が進んでいるらしく、二十前後で未婚の女性も結構いるらしいと知った。数十年前までは十五、六で結婚は当たり前だったので、父さんはそういった固定観念もあってゾルタンと私を婚約させたがったのだろう。

「で、もちろん会わないわよね？」

モリィが聞いてきたので「会わないよ」と答えた。

「追加ざまぁが起こってしまったわ！」

元気なモリィが爆笑している。

ジェシカさんも、どんなにイケメンでお金持ちでもゾルタン様だけはナシですね、と言っている。

しばらく二人の恋愛について話が飛び交い、コーヒーをおかわりした。

会話が小康状態になったところで、バッグからとあるものを取り出した。

「こちらをお二人にプレゼントいたします」

自前の包装紙とリボンに包まれた物を渡す。

中身はスフェーン式懐中時計だ。

モリィは中身を見て驚き、ジェシカさんも包装紙を開けて両手で口を押さえている。

「私が魔宝石をカットして、レックスさんに作っていただきました。まだ一般流通していないものですよ。友人特典だと思ってもらってください」

実は二人には大贋作会で優勝したあとに、メイク道具をプレゼントしてもらっている。

そのお返しの意味も込めてのプレゼントだ。

「こんな高い物……いいんですか？」

金額を知っているジェシカさんは何度もまばたきをしている。

「〝楔石《スフェーン》〟は私がカットしていますし、レックスさんが無料で作ってくださいましたから、実はそんなにお金はかかっていないんです」

懐中時計の本体が一番高いですね」

「嬉しいです。オードリー嬢お手製だと同僚に自慢します！」

ジェシカさんが懐中時計を持ち上げて蓋を開け、表、裏、表と何度も見ている。

「オードリー、ありがとう！　あなたに話を聞いたときに有料で譲ってもらおうと思っていたのよ！　嬉しい！」

モリィからも喜びの声が上がった。

これだけ喜んでもらえるなら、作ったかいがあるというものだ。

私まで嬉しくなってくる。

「モリィが欲しがっているのは知っていたから。仕事で使ってね」

「うん！　早速使うよ。ゼンマイを巻かなくていいのは嬉しいわ」

モリィが懐中時計に頬ずりしている。

彼女は若くして店長をやっているので、時間には気を使う場面が多そうだ。

一年間、魔力が持つので動き続けるけれど、止まった場合は〝楔石《スフェーン》〟の交換が必要だ。それについての注意事項を説明する。

すると、カフェの入り口がにわかに騒がしくなった。

振り返ると、入り口のドアから金髪美形の魔道具師がこちらに向かって歩いてくる。

初めてレックスさんを見た店員の女の子が、あまりの美しさに完全に硬直していた。

彼は慣れているのか気にせず、私を見つけると軽く手を上げた。

「やはりこちらにいたか。歓談中にすまないな」

レックスさんが私を見て、モリィとジェシカさんに頭を下げた。

「何度見ても心臓が一回止まりそうになります」

「平気な顔してるオードリーがおかしいのよ」

何やらジェシカさんとモリィがこそこそ話しているけど、ちょっと聞こえない。

レックスさんは私への伝言を告げてくれる。

ミランダ様と一緒にローズアリア王女と会うことになったそうで、その日付と段取りであった。

モリィとジェシカさんは感心しきりで話を聴いている。

「レディの歓談中に失礼した。ではまた」

「あ、よければコーヒーを一杯いかがですか？」

私が行こうとしたレックスさんを呼び止めると、彼は首を振った。

「すまないが例の講義があってな」

「簡略化した魔法陣の、ですね」

「そうだ」

レックスさんはうなずくと、数秒考えてから顔を上げた。

「二日後にツンドラ地帯から商隊が来訪するそうだ。珍しいコーヒーの取り扱いがあるらしい。よければ一緒に行かないか？」

「まあ、本当ですか。それはぜひ行ってみたいです」

「魔宝石の取り扱いもあるだろうな」

「それは絶対に行かねばなりませんね！　手帳に予定を書いておきます。何時集合でしょうか⁉」

魔宝石と聞いて思わず鼻息が荒くなる。ツンドラ地帯の魔宝石は辞典でしか見たことのないものが多い。

私の顔を見たレックスさんが、ふっと小さく笑った。

やっぱりレックスさんは笑うと子犬っぽくて可愛く見える。

「……笑った」

「……笑いましたね」

モリィとジェシカさんが驚いて、顔を見合わせた。

「あれね。乙女を一撃で恋に落とすやつね」

「オードリーさんのイケメン耐性強くないですか？　私は胸がときめいて痛いです」

二人が何やらぶつぶつと言っているけど聞こえない。いつも二人はレックスさんとの関係を茶化してくるので無視しておこう。

「そうだ。私もジョージさんから最東国の抹茶というものをいただいたんです。グリーンティーと似て非なるものらしいですよ。魔道具についてお話ししたいことがあるので、よければ商隊を見たあとにアトリエに来られませんか？」

「抹茶か……飲んだことがないな。わかった。こちらも予定を空けておこう」

「はい。では二日後に」

「ああ、二日後。午後一番で迎えに行く」

「ありがとうございます」

レックスさんはまた無表情に戻ってしまったけれど、機嫌がいいのか、やわらかい空気をまとったままカフェをあとにした。

手帳にメモをしておかないと。魔宝石を買うなら現金が必要だ。あとでギルドにも寄っておこうかな。

「モリィさん。二人って……鈍感系？」

「ジェシカ、先は長いのよ。連続恋愛喜劇だと思って見守りなさい」

「なるほど、特等席ですね」

「そうなのよ。鑑定士と魔道具師による、愛と友情の冒険活劇よ」

また二人が何かをこそこそと話しているけど、今はそれどころではない。
まだ見ぬ魔宝石に心をとらわれた私は、しばらく夢見心地だった。

20

アトリエの大きなガラス窓から、昼下がりのやわらかい日差しがたっぷりと差し込んでいた。

クリスタは作業台に置かれた古代語の本の上で惰眠をむさぼっており、ブラックは蠱惑《こわく》的な瞳を細めて小説を読んでいた。魔法でページをめくっているのか、紙の擦れる小さな音が静謐《せいひつ》なアトリエに時折響く。

お昼のゆったりとした時間が好きだ。

こうして好きなときに、好きなことをして過ごす時間が何よりも素敵だと思える。

私はクリスタとブラックの邪魔にならないよう、静かに椅子を引いて父さんの作業台の前に座った。

父さんの残した手帳を広げる。

癖のある父さんの文字をぱらぱらと読むと、自然と背筋が伸びた。

「父さん、私ね、Cランクになったよ」

レックスさんとツンドラ地帯から来た商隊を見に行った数日後、スフェーン式懐中時計の発案者になったことと、〝黒蛋白石《ブラックオパール》〟を発見した功績を認められて、Cランクに昇格した。

鑑定士バッヂが銀から金にグレードアップし、何度も指でバッヂを撫でた。

父さんのように、人の役に立つ立派な鑑定士になりたい。

私も、父さんに近づけているだろうか。

私の声に気づいたのか、ブラックが小説から目を離してこちらを見た。

『あなたの欲しいものは、時間がかかるわね』

希望と願望が見える彼女が黒目を光らせ、妖艶に微笑む。

その目は楽しげな三日月に象《かたど》られていた。

『そうだね。少しずつ進んでいくよ』

『……私も力を貸すわ』

『ありがとう。頼りにしているよ』

『勘違いしないでよね。色々助けてもらったお礼もあるし、仕方なくってところよ』

ブラックが早口に言って、ぷいとそっぽを向いた。

恥ずかしがり屋な精霊さんだ。

もう一度お礼を言うと、クリスタが大あくびを一つして、ふわふわと私とブラックの間に飛んできた。

『オードリーの目はすごく綺麗になってきたよね。もっともっと人生を楽しんでね～』

あふあふとあくびをまたして、クリスタが両手を伸ばす。

『目玉をもらうのが楽しみだなあ』

『可愛いのに恐いよ』

『だって目玉って綺麗なんだよ。あ、見る？』

『見ない、見ない』

空中に革袋を出現させたクリスタが袋に頭を入れて、ごそごそとやり始めた。

ブラックが呆れた様子で『見ないって言ってるでしょ』とクリスタのお尻をぴしゃりと叩く。

いつもの調子のクリスタと、なんだか楽しそうなブラックに笑ってしまう。

まだまだ人生は続く。

鑑定士として、人として、もっと成長していきたい。

そして死後の世界があるのならば、再会した父さんに私の仕事ぶりがどうだったかを聞いて、褒められたかった。

父さんの使っていた懐中時計は改修して、作業台にある上部の本棚部分にフックをつけてかけてある。

スフェーン式懐中時計はカチ、カチと細い秒針が確かな時を刻んでおり、3と描かれた文字盤下では、若草色をした〝楔石《スフェーン》〟が静かに輝いていた。

おわり

大人のエンタメ、ど真ん中！
SQEXノベル
SQEXノベル 毎月7日発売
悪役令嬢の矜持
著者：メアリー＝ドゥ
イラスト：久賀フーナ
私、能力は平均値でって言ったよね！
著者：FUNA イラスト：亜方逸樹
片田舎のおっさん、剣聖になる
～ただの田舎の剣術師範だったのに、大成した弟子たちが俺を放ってくれない件～
著者：佐賀崎しげる
イラスト：鍋島テツヒロ
悪役令嬢は溺愛ルートに入りました!?
著者：十夜 イラスト：宵マチ
逃がした魚は大きかったが釣りあげた魚が大きすぎた件
著者：ももよ万葉
イラスト：三登いつき
●誤解された『身代わりの魔女』は、国王から最初の恋と最後の恋を捧げられる
●ベル・プペーのスパダリ婚約 ～「好みじゃない」と言われた人形姫、我慢をやめたら皇子がデレデレになった。実に愛い！～
●滅亡国家のやり直し 今日から始める軍師生活 他

SQEXノベル

没落令嬢のお気に召すまま
～婚約破棄されたので宝石鑑定士として独立します～ 2

著者
四葉夕ト
イラストレーター
藤実なんな

©2024 Yuto Yotsuba
©2024 Nanna Fujimi

2024年4月6日　初版発行

発行人
松浦克義
発行所
株式会社スクウェア・エニックス
〒160－8430
東京都新宿区新宿6－27－30　新宿イーストサイドスクエア
（お問い合わせ）スクウェア・エニックス　サポートセンター
https://sqex.to/PUB

印刷所
中央精版印刷株式会社
担当編集
鈴木優作
装幀
アオキテツヤ（ムシカゴグラフィクス）

この作品はフィクションです。
実在の人物・団体・事件などには、いっさい関係ありません。

○本書の内容の一部あるいは全部を、著作権者、出版権者などの許諾なく、転載、複写、複製、公衆送信（放送、有線放送、インターネットへのアップロード）、翻訳、翻案など行うことは、著作権法上の例外を除き、法律で禁じられています。これらの行為を行った場合、法律により刑事罰が科せられる可能性があります。また、個人、家庭内又はそれらに準ずる範囲での使用目的であっても、本書を代行業者などの第三者に依頼して、スキャン、デジタル化など複製する行為は著作権法で禁じられています。
○乱丁・落丁本はお取り替え致します。大変お手数ですが、購入された書店名と不具合箇所を明記して小社出版業務部宛にお送り下さい。送料は小社負担でお取り替え致します。但し、古書店でご購入されたものについてはお取り替えに応じかねます。
○定価は表紙カバーに表示してあります。

ISBN978-4-7575-9144-8　C0093　　Printed in Japan